Götz und Meyer

David Albahari

Götz und Meyer

Roman

Übersetzung aus dem Serbischen:
Mirjana und Klaus Wittmann

Eichborn.

2 3 4 04 03

Originaltitel: Gec i Majer
Originalverlag: stubovi kulture, Belgrad

Umschlaggestaltung: Christiane Hahn unter Verwendung
eines Fotos von Turhan Ergel
Lektorat: Doris Engelke
Satz: Fuldaer Verlagsagentur, Fulda
Druck und Bindung: Clausen & Bosse, Leck
ISBN: 3-8218-0685-0

Verlagsverzeichnis schickt gern:
Eichborn Verlag, Kaiserstr. 66, D-60329 Frankfurt am Main
www.eichborn.de

Götz und Meyer. Ich habe sie nie gesehen, außer in meiner Phantasie. Bei solchen Paaren ist gewöhnlich der eine groß und der andere klein, aber da sie Unteroffiziere der SS waren, liegt die Vermutung nahe, daß sie beide hochgewachsen, vielleicht sogar gleich groß waren. Ich nehme an, die Bedingungen für die Aufnahme in die SS waren außerordentlich streng, gewisse Maße wurden ganz bestimmt nicht unterschritten. Einer der beiden, so behaupten Augenzeugen, ging in das Lager, spielte mit den Kindern und nahm sie auf den Arm, schenkte ihnen sogar Schokoladenbonbons. Wie wenig man doch braucht, um sich in eine andere Welt zu versetzen! Danach stieg Götz, oder Meyer, in seinen Lastwagen und bereitete sich auf die nächste Fahrt vor. Sie dauerte nicht lang, aber Götz, oder Meyer, freute sich im voraus auf die frische Brise, die durch das offene Fenster hereinwehen würde. Zur selben Zeit kehrten die Kinder freudestrahlend zu ihren Müttern zurück. Götz und Meyer waren sicherlich keine Neulinge in diesem Geschäft. Obwohl auf sie keine große Aufgabe wartete – es ging schließlich nur um etwa fünftausend Seelen –, erforderte die Wirtschaftlichkeit dieser Arbeit den Einsatz erfahrener Kräfte. Es ist durchaus möglich, daß Götz und Meyer an ihren Unteroffiziersjacken irgendwelche Orden trugen, das würde mich nicht wundern. Wenn einer von ihnen einen Schnurrbart gehabt hätte, würde mich das eher wundern. Ich kann mir weder Götz noch Meyer mit einem Schnurrbart vorstellen. Ich kann sie mir eigentlich überhaupt nicht vorstellen, egal, ob mit oder ohne Schnurrbart. Am einfachsten wäre es natürlich für mich, zu Klischees zu greifen: blondes Haar, helle Haut, stahlblaue Augen. Aber damit würde ich nur zeigen, daß ich dem Einfluß der Propaganda erlegen wäre. Die Herrenrasse war erst im Werden, Götz und Meyer bildeten nur ein Glied einer Kette, die in eine ferne Zukunft reichen sollte. Aber was für ein Glied! Manchmal sind solche kleinen Aufgaben wie die ihre das eigentliche Fundament, von dessen solider Ausführung die Sicherheit eines großen Gebäudes abhängt. Ich will nicht sagen, daß Götz und Meyer sich dessen bewußt waren. Sie haben sich vielleicht nur redlich bemüht, so wie sie es auf jeder anderen Arbeitsstelle auch getan hätten, aber es steht außer Zweifel, daß sie wußten, worin ihre Arbeit bestand. Genauer gesagt, ihre Aufgabe. Denn so nannten sie sie. Und es war in der Tat eine Aufgabe, ein Auftrag, ein Befehl – die Militärsprache läßt sich hier nicht vermeiden. Götz und Meyer sind schließlich Militärs, an ihrer Loyalität gegenüber Reich und Führer ist nicht zu zweifeln. Selbst wenn er das Lager betritt und die Kinder hochhebt, denkt Götz, oder Meyer, keinen Augenblick daran, was danach folgt. Alles ist letztlich Teil eines großen Plans, jedem ist sein Schicksal beschieden, keiner kann es ändern, am allerwenigsten Götz, oder Meyer. Darum sind ihm die Kinder nur gegenwärtig, solange er mit ihnen zusammen ist. Sobald er über den letzten Lockenkopf gestreichelt, das letzte Bonbon verteilt, das letzte Beinchenpaar wieder auf festen Boden gestellt hat, entschwinden sie aus seinem Bewußtsein, und er kehrt zu seinen Tagträumen zurück. Götz, oder Meyer, wollte nämlich schon immer Pilot eines Kampfflugzeugs werden. Ich habe dafür keine Beweise, aber mir gefällt die Vorstellung, daß er in seinen Lastwagen steigt wie in einen Jagdbomber, daß er eine Lederjacke trägt und daß er seine Pilotenmütze nur deshalb nicht aufsetzt, weil er sich vor seinem Beifahrer geniert. Der Lastwagen war ein Fünftonner Saurer mit einem kastenförmigen, 1,7 Meter hohen und 5,8 Meter langen Aufsatz, der hermetisch abgeschlossen werden konnte. Anfangs benutzte die Gestapo kleinere Lastwagen, aber der Belgrader Saurer gehörte bereits zur zweiten, verbesserten Generation: Der faßte nach Aussagen von Zeugen bis zu hundert Menschen. Aufgrund dieser Tatsache läßt sich eine einfache Rechnung aufstellen, nach der für den Transport von fünftausend Seelen mindestens fünfzig Fahrten nötig waren. Bei diesen Fahrten wurden die Seelen tatsächlich zu Seelen, allerdings nicht mehr in Menschengestalt. Götz und Meyer wußten zweifelsohne, was im Heck vor sich ging, aber sie hätten es gewiß nie so gesehen. Die Menschen, die sie fuhren, hatten keine Seele, das war schließlich hinreichend bekannt! Sie waren nichts anderes als Grind auf dem Antlitz der Welt! Und so wiederholen die beiden tagaus, tagein ihr Ritual. Zunächst bringt Götz, oder Meyer, den Lastwagen zum Eingang des Lagers, dann öffnet Meyer, oder Götz, den geräumigen Kasten. Diszipliniert und ruhig steigen die Lagerinsassen – Frauen, Kinder, hin und wieder ein Greis – ein. Zuvor haben sie ihre Habseligkeiten auf einen anderen Lastwagen geladen, der auf dem Lagergelände steht. Sie sind überzeugt, daß endlich der Augenblick des Abtransports nach Rumänien gekommen ist, obschon gelegentlich auch von Polen geredet wird. Als wäre das wichtig. Wichtig ist, diesen entsetzlichen Ort zu verlassen, nirgendwo kann es schlimmer sein als hier, und Erleichterung erhellt ihre Gesichter. Mir ist nicht bekannt, wo sich in diesen Augenblicken Götz und Meyer befinden. Es ist durchaus möglich, daß sie in ihrem Lastwagen sitzen, aber vielleicht gibt es auch bürokratische Pflichten, Aufträge, die zu unterschreiben, Formulare, die auszufüllen sind. Wie dem auch sei, wenn sie sich schließlich auf den Weg machen – ein deutscher Wachposten tritt heran, prüft die Papiere, bestätigt die Richtigkeit der Ladung –, wenn sie sich also schließlich auf den Weg machen, läuft alles nach einem genau festgelegten Plan. Und es kann auch nicht anders sein, weil die Brücke über die Save beschädigt ist und der Verkehr einspurig abgewickelt wird. Der Lastwagen muß genau zu dem Zeitpunkt ankommen, zu dem die Spur in Richtung Belgrad offen ist. Er passiert die Grenze ohne anzuhalten, haben sie doch eine Sondergenehmigung sowie ein dienstliches Kennzeichen und werden außerdem vom Lagerkommandanten in einem gesonderten Auto begleitet. Nachdem sie die Brücke überquert und noch ein Stück weiter gefahren sind, halten sie am Straßenrand. Götz, oder Meyer, steigt aus, legt sich unter den Saurer und verbindet das Auspuffrohr des Motors mit einer Öffnung im Kasten. Danach haben Götz und Meyer nichts mehr zu tun, außer, natürlich, zu fahren. Der Wagen mit den Habseligkeiten hat sie längst verlassen. Die Seelen im Kasten nicht. Erst wenn der Lastwagen seinen Bestimmungsort erreicht hat, werden sie alle zusammen emporfliegen. Die Wagentür geht auf, die Leichen fallen heraus, die deutschen Soldaten wenden den Blick ab, die serbischen Gefangenen beginnen mit dem Ausladen. Es handelt sich um eine Gruppe von sieben eigens für diese Arbeit ausgesuchten Gefangenen. Fünf sollen es gewesen sein, aber wenn man den Umfang der Aufgabe berücksichtigt – es galt, die Leichen herauszuholen und die Gruben in kürzester Zeit zuzuschütten –, ist sieben die wahrscheinlichere Zahl. Anfangs achteten sie darauf, wie sie die Leichen anfaßten, denn das war doch ein toter Mann, eine erstickte Frau, ein verkrampftes Kind, aber später packten sie sie, wie es gerade kam, es gab keine Zeit für Pietät, denn es waren ihrer so viele, und jeder von ihnen wog schwerer als jedes lebende Wesen. Der Tod wiegt schwer. Der Tod ist ein Gewicht. Eine zweite Gruppe von Gefangenen hob Gruben aus, und obwohl sie die, für die sie bestimmt waren, nie gesehen hatten, waren die Gruben immer schon vor deren Eintreffen fertig, was wenigstens ein Trost war. Was tun währenddessen Götz und Meyer? Ich nehme an, sie unterhalten sich mit dem Lagerkommandanten, einer von ihnen raucht bestimmt, auch muß sich einer unter den Lastwagen legen und das Auspuffrohr abkoppeln. So vergeht der Tag, immer gibt es etwas zu tun. Götz und Meyer setzen sich in ihren Lastwagen, der Lagerkommandant steigt in sein Auto, die vier deutschen Wachsoldaten begleiten die sieben serbischen Gefangenen zu deren Lastwagen. Hinter ihnen liegt ruhig das frisch zugeschüttete Grab, aber schon am nächsten Tag wird sich die Erde aufwerfen, wird mit Beulen übersät sein. Da könne man nichts machen, mögen Götz und Meyer gedacht haben, jede Arbeit berge Risiken in sich. Sie fahren langsam, ohne Eile. Später, am Abend, wird einer ein Buch lesen, der andere einen Spaziergang machen. Man kann nicht sagen, daß sie irgendwelche Folgen ihrer täglichen Verpflichtungen spüren, etwa einen Druck oder Alpträume wegen der entsetzlichen Bilder. Sie sind gut gelaunt, sie haben Appetit, keine Spur von trübseligen Gedanken, nicht einmal Heimweh. Sie sind eigentlich die beste Bestätigung dafür, daß der technische Fortschritt die menschliche Psyche festigt. Sie sind der Beweis dafür, daß der Reichsführer Himmler recht hatte mit seiner Behauptung, eine humanere Tötungsart würde den seelischen Druck bei den für die Erschießung der russischen und jüdischen Bevölkerung zuständigen Kommandos mindern. Und tatsächlich, Götz und Meyer spüren keinen Druck. Himmler hätte sich gefreut, wenn er ihnen begegnet wäre, dessen bin ich mir sicher. Er wohnte nämlich im August 1941 irgendwo in der Umgebung von Minsk einer Massenerschießung bei. Als er sich über die Grube beugte und sah, daß einige der Opfer noch lebten, zuckten und stöhnten, wurde ihm übel. Mir ist nicht bekannt, ob er sich übergeben und seine adrette Uniform besudelt hat, aber schon das Erbleichen, vom Zittern der Knie ganz zu schweigen, war für einen deutschen Offizier unpassend genug. Deshalb gab er den Fachdiensten, nachdem er nach Berlin zurückgekehrt war, den Befehl, eine Tötungsart zu finden, die die Moral sowohl der Opfer als auch der für deren Liquidierung zuständigen Soldaten stärken würde. Diese Aufgabe wurde in knapp vier Monaten bewältigt, und nach erfolgreich abgeschlossenen Experimenten mit sowjetischen

Kriegsgefangenen in Sachsenhausen wurden bis zum Frühjahr 1942 etwa dreißig Sonderlastwagen, zwanzig größere, wie auch unser Saurer einer war, und zehn kleinere vom Typ Daimond oder Opel-Blitz, fertiggestellt. Es muß gesagt werden, daß dieser Lastwagen seinen Vorgänger in einem hermetisch abgeschlossenen Fahrzeug hatte, das im Rahmen des Euthanasieprogramms für Geisteskranke benutzt wurde, bei dem man die Opfer durch reines Kohlenmonoxyd tötete. Die geniale Idee, die die Verwirklichung von Himmlers Vorstellung ermöglichte und noch dazu die Voraussetzung für den Fortschritt der Massenvernichtungstechnik war, bestand darin, daß man statt Kohlenmonoxyd aus Stahlflaschen das Abgas des Motors benutzte, was offenbar nicht nur das ganze Verfahren verbilligte, sondern auch noch dazu beitrug, das Innere des Lastwagens völlig harmlos wirken zu lassen, also wie das echte Innere eines echten Lastwagens, was auf die Opfer zweifelsohne wohltuend wirken mußte. Man muß zugeben, daß es schwerfällt, von soviel Fürsorge unberührt zu bleiben. Es zeigte sich jedoch bald, daß die Dinge, trotz der verbesserten seelischen Verfassung der Opfer dennoch nicht so einfach waren, denn bei den Kommandos verursachte das Ausladen erstickter Menschen größeren seelischen Druck als die einfache Erschießung. In dem Lager, in dem Götz und Meyer tätig waren, wurde dies durch den Einsatz der erwähnten sieben, oder fünf, serbischen Gefangenen gelöst. Sie trugen die Toten weg, stapelten sie in die Gruben und verscharrten sie. Nachdem sie die letzte Grube zugeschüttet hatten, wurden sie erschossen. Ich glaube, Götz und Meyer haben das gesehen, obwohl es genauso möglich ist, daß sie sich, bevor es soweit war, hinter dem Auto des Lagerkommandanten herfahrend zum geräumten Lager begaben, denn es gab immer bürokratischen Kram zu erledigen, dem man sich nicht zu entziehen vermochte. Dies ereignete sich laut den vorliegenden Dokumenten am 10. Mai 1942. Einen Monat später kehrt der Saurer nach Berlin zurück. In Begleitung von Götz und Meyer. Die Hinterachse ist gebrochen, darum wird er mit der Bahn geschickt. Götz und Meyer haben bestimmt ein Zugabteil für sich. Ein Abteil für sich hatten die vier deutschen Wachsoldaten, die zur Belohnung eine Woche Sonderurlaub bekamen, warum dann nicht auch Götz und Meyer? Es gibt keinen Hinweis darauf, wie es zu der erwähnten Panne gekommen ist, so wie man ebenfalls nicht weiß, warum der Lastwagen einen Monat lang ungenutzt herumstand, während seine Dienste, dies steht wenigstens fest, andernorts bitter nötig waren. Genauso unklar ist, warum diese Hinterachse, wenn sie schon brechen mußte, das nicht viel eher getan und somit das unabwendbare Leiden wenigstens ein bißchen hinausgeschoben hat. Gott kümmerte sich in jenen Tagen nicht sonderlich um sein auserwähltes Volk. Vielleicht hatte er gerade an einer anderen Ecke der Welt zu tun, oder wollte er vielleicht diesem Volk zeigen, daß es nicht gar so auserwählt war? Wenn nicht einmal mehr auf die Götter Verlaß ist, wie soll man dann den Menschen trauen? Die Kinder hatten beispielsweise Vertrauen in Götz, oder Meyer, wenn er festen Schrittes das Lager betrat und, von der Frühlingssonne erwärmt, sie in seine Arme nahm und Bonbons verteilte. Wie kinderlieb war doch Götz, oder Meyer! Man kann schwer die richtigen Worte finden, um die Wärme zu beschreiben, die ihn durchströmte, während seine Hand auf ihren Lockenköpfen ruhte. In diesem Augenblick dachte er nicht einmal an die Läuse, obwohl er sie häufig zwischen den Haaren hin- und herlaufen sah. Darf ich aufgrund dessen annehmen, daß Götz, oder Meyer, verheiratet war? Daß er irgendwo in Deutschland oder möglicherweise in Österreich eine Frau, vielleicht auch Kinder, hatte? Der andere, der nie das Lager betrat, war bestimmt nicht verheiratet. Die Kinderliebe fällt nicht einfach so vom Himmel – Gott war ohnehin nicht anwesend –, sie will wie alles erlernt sein. Gleichzeitig ist der Gedanke nicht von der Hand zu weisen, daß der andere sich nur nicht verstellen wollte. Er war mit einem bestimmten Auftrag gekommen, und für ihn gab es nichts als diesen Auftrag. Während sich der eine im Lager aufhält, erledigt der andere Verwaltungskram oder sitzt auf dem Trittbrett des Lastwagens und wartet. Vielleicht raucht er dabei. Ganz sicher raucht er. Alle rauchten damals, wie übrigens auch heute. In dieser Hinsicht hat die Welt sich nicht verändert. Die Zigaretten sind zwar schlanker, die Filter perfekter, die Tabaksorten aromatischer geworden, aber nichts weist auf die Sintflut hin, die zur Zeit dieser Geschichte die Erde wie eine glatte und schleimige Haut umgab. Sintflut ist vielleicht nicht der treffende Ausdruck, wenn es um das Sterben durch Giftgas geht, aber das Gefühl des Untergehens ist das gleiche. Man stößt auf den Grund, das ist das Ende, es gibt kein Entrinnen. Der Tod ist kein Luftballon, sondern ein Anker. Wenn der Lastwagen sein Ziel erreicht hatte, flogen die Seelen, von der frischen Luft berauscht, zwar heraus, aber die Körper blieben auf dem Boden, manchmal derart ineinander verkeilt, daß die serbischen Gefangenen leise fluchten, während sie sich abmühten, die Glieder und die ineinander verhakten Finger zu entwirren. Ihnen wurde versprochen – das habe ich irgendwo gelesen –, sie würden nach erfolgreich erledigter Aufgabe in ein Arbeitslager in Norwegen geschickt, und so lebten sie zwei Monate lang in einem Irrtum. Der war nur ein Teil eines noch größeren Irrtums, ein Teil einer Aufführung, in der jeder die ihm zugewiesene Rolle spielte. Improvisationen waren da nicht gestattet. Alles, ja sogar die Kunst, diente einem bestimmten Zweck. Wenn jeder nach eigenem Gusto gespielt hätte, wäre alles schon bald zum Teufel gegangen. Die Lagerinsassen spielten die Abreise nach Rumänien oder Polen und bestiegen den Lastwagen, als würden sie das Niemandsland zwischen den Stacheldrahtzäunen betreten. Die serbischen Gefangenen stachen schlammbeschmiert ihre Schaufeln in die Erde und warfen sie auf die übervollen Gräber, als gelte es, eine Brücke über die Nordsee zu bauen. Und genauso wie der Lastwagen nicht nach Rumänien oder Polen fuhr, brachte auch ihre Brücke sie nirgendwo hin. In der Zeit der Sintflut gibt es kein Land mehr. Wer hätte das wissen können? Das Leben ist ohnehin eine Täuschung, egal ob im Krieg oder im Frieden. Immer herrscht dasselbe verkrampfte Bestreben, länger zu leben als vorgesehen. Ob an- oder abwesend, Gott ist hart, er kennt kein wirkliches Erbarmen. Wenn er die Augen verschließt, sind sie eben zu, da ist nichts zu wollen. Die Seelen scharen sich um ihn, ihre Stimmen wachsen an zum Klingen von tausend Glöckchen, aber Gott winkt nur ab. Genauso winkte auch Götz, oder Meyer, ab, als er den Achsbruch feststellte. So eine Panne muß einen aufregen, selbst wenn man so diszipliniert ist wie Götz und Meyer. Einige Dinge sind einfach stärker als der Mensch. Außerdem war Götz, oder Meyer, oder beide, dieses wilde Land, seine primitiven Menschen und das Fehlen jeglicher Ordnung satt. Götz, oder Meyer, ist nicht nostalgisch, sein Pflichtgefühl ist stärker als jedes Heimweh, aber es ist einfach schön, gemütlich im trauten Heim zu sitzen, Würstchen zu essen und Bier zu trinken. Wäre er im Besitz übernatürlicher Kräfte gewesen, hätte Götz, oder Meyer, mit eigenen Händen diese Achse geschweißt und sie in ihren früheren Zustand zurückversetzt. Um ehrlich zu sein, auch an anderen Lastwagen gab es Pannen, zumal auf den holprigen Straßen Rußlands und der Ukraine, aber dies war für Götz, oder Meyer, oder für beide, kein Trost. Der Mensch gewöhnt sich leicht an Gegenstände und erwartet, daß diese sich mit der gleichen Leichtigkeit an ihn gewöhnen. Wenn die Gegenstände ihn im Stich lassen, ist er mit Recht enttäuscht. Im Falle von Götz und Meyer ging das allerdings nicht so weit, als daß sie ihm – ich meine dem Lastwagen – einen Tritt versetzt oder ihn beschimpft hätten, und zwar nicht nur deshalb, weil er ihnen so treu gedient, sondern weil er im Unterschied zu denen, die in ihm befördert worden waren, eine Seele hatte. Götz, oder Meyer, weiß das wohl, denn er hat unzählige Male während der Fahrt gespürt, wie ihn das Führerhaus mütterlich umschloß, wie es bemüht war, ihm jede Bewegung zu erleichtern. Hätte er gekonnt – davon war Götz, oder Meyer, überzeugt –, wäre der Lastwagen bestimmt geflogen. In Berlin wurde der Schaden in nur zwei Tagen behoben, und schon am 15. Juni 1942 fuhr der Lastwagen nach Riga. Ich weiß nicht, ob Götz und Meyer zusammen mit ihm dorthin geschickt wurden. Falls es nicht so war, kann man sich das Ausmaß ihrer Trauer kaum ausmalen. Wie oft hatten sie ihn saubergemacht und poliert, seine Scheinwerfer gewischt, die Windschutzscheibe und das Innere geputzt! Auch härteren Menschen als Götz und Meyer wären Tränen in die Augen gestiegen. In der Tat lag Götz, oder Meyer, in der ersten Nacht nach dem entsetzlichen Achsbruch wirklich traurig im Bett. Man kann da nicht von Tränen reden, aber etwas lag auf seiner Brust, drückte sie von innen und von außen, so, daß er kaum atmen konnte. Er hob die Arme und verschränkte sie unter dem Kopf, aber es half nichts. Im Zimmer brannte kein Licht, und er konnte durch das Fenster den Sternenhimmel sehen. Das Funkeln der Sterne teilte ihm etwas mit, er verstand nicht, was, obwohl er spürte, daß diese Mitteilung mit dem nicht nachlassen wollenden Druck zusammenhing. War das der kosmische Schmerz, von dem er irgendwann irgendwo gelesen hatte? Armer Götz, oder Meyer. Gern hätte ich sein Foto gesehen, vielleicht hätte ich dann seine Gesichtszüge beschreiben können. Ich habe sie nie gesehen, weder Götz noch Meyer, außer in meiner Phantasie. Mein Interesse an den beiden erwachte in der Zeit, als ich versuchte, möglichst viele Lücken in meinem Stammbaum zu schließen. Ich war schon über fünfzig, ich wußte bereits, wohin mich das Leben führte, es blieb nur festzustellen, von wo es seinen Ausgang genommen hatte. Ich ging in

Archive und besuchte Museen, schleppte Bücher aus Bibliotheken nach Hause. So traten Götz und Meyer in mein Leben. Fast alle Frauen aus den Familien meines Vaters und meiner Mutter kamen nämlich im Lager auf dem Messegelände um. So hieß das, dabei starben sie auf Belgrads Straßen und auf der Landstraße in dem Lastwagen, den Götz und Meyer zum Richtplatz in Jajinci fuhren. Ihre Namen werden zum ersten Mal in einem Telegramm erwähnt, das der SS-Obergruppenführer Heinrich Müller, Chef der Gestapo in Berlin, Mitte März 1942 an den Chef der deutschen Polizei in Belgrad, den SS-Standartenführer Emanuel Schäfer, schickte. In dem Telegramm wird das Eintreffen von Spezialisten mit einem Lastwagen für besondere Zwecke angekündigt, die nach ihrer Ankunft ihren Sonderauftrag erläutern würden. Zugegeben, das zog mich zu Götz und Meyer hin, mich reizte die Tatsache, daß sie keine Schräubchen in einem großen Mechanismus waren, die nicht wissen, wozu der Mechanismus dient, sondern daß sie eingeweiht waren in das Geheimnis ihres Auftrags – Todesboten und Tod zugleich. Ich versuchte mir den Augenblick vorzustellen, in dem ihr Vorgesetzter ihnen den Zweck ihrer Reise darlegte. Götz und Meyer stehen in Habachtstellung und bestätigen zackig, daß sie verstanden haben. Aber vielleicht war es auch gar nicht nötig, ihnen das zu erklären, vielleicht hatten sie schon einschlägige Erfahrungen an der Ostfront gesammelt, was äußerst wahrscheinlich ist, vor allem wenn man die Forderung nach möglichst großer Wirtschaftlichkeit des Unternehmens berücksichtigt. Ein Risiko, ein schwaches Glied in der Kette in Form von unerfahrenem Personal durfte man sich hierbei nicht erlauben. Götz und Meyer waren daher höchst wahrscheinlich keine Anfänger. Ich versuchte mir vorzustellen, wie sie, falls sie verheiratet waren, sich von ihren Ehefrauen verabschiedeten. Götz, oder Meyer, kniet vor seiner Gattin, lehnt seine Wange an ihren Leib, während Meyer, oder Götz, seiner Frau einen Kuß auf die Stirn drückt. Was mögen sie den Frauen erzählen? Wie viel wissen sie? Sie müssen etwas gewußt haben, solche Dinge erfährt man immer. Vielleicht hat einer der beiden im Schlaf geredet oder sich beim Abendbrot verplappert. Aber im Krieg ist es, falls man nicht unmittelbar beteiligt ist, am besten, möglichst wenig zu wissen, denn das ist zumindest ein kleiner Sieg über die Wirklichkeit, die für alle, ungeachtet der politischen Überzeugung, die gleiche ist. So merkwürdig es klingt, die Frauen sind manchmal leichter zu begreifen als die Männer. Worüber sprachen zum Beispiel Götz und Meyer, während sie in Richtung Belgrad fuhren? Ich möchte bezweifeln, daß sie die Schönheit der Bergwelt oder des Flachlands bewunderten, obwohl Götz, oder Meyer, gelegentlich einen Vers Goethes zum besten gab. Sie sprachen auch nicht über ihre Arbeit, die für sie ohnehin zur Routine geworden war, zu einer Rechnung, die ihnen sagte, in wie vielen Tagen sie nach Hause zurückkehren würden. (Vierundfünfzig waren es nach ihrer Berechnung, etwa achtzig in Wirklichkeit.) Sie konnten auch über die Rückkehr sprechen, aber worüber sollten sie dann in all den Tagen reden, die sie in dieser Abgeschiedenheit noch vor sich hatten? Götz, oder Meyer, derjenige, der mit Sicherheit verheiratet ist, macht sich ein wenig Sorgen wegen der häufigen Halsentzündungen seines

Töchterchens Hilde. Das werde sich schon geben bis sie zurückseien, tröstet ihn Meyer, oder Götz, derjenige, der wahrscheinlich nicht verheiratet ist, aber, fügt er hinzu, die Gesundheit müsse man von klein auf pflegen. So habe er zum Beispiel als Kind Pilot werden wollen, habe aber nicht genügend auf seinen Körper geachtet. Hätte er es getan, hätte er bei den Untersuchungen und Tests besser abgeschnitten und würde jetzt vielleicht, wer weiß, am Steuerknüppel einer Messerschmitt sitzen. Wie herzlich Götz, oder Meyer, lachte, als er diese Geschichte hörte! Er schlug sich auf die Schenkel. Klatschte in die Hände. Aber Meyer, oder Götz, ist ein ernster Mensch. Die lederne Pilotenjacke hängt im Führerhaus, und er zieht sie manchmal mit dem stillschweigenden Einverständnis seines Beifahrers tatsächlich an. Dann öffnet er gern das Fenster, um die frische Luft auf seinem Gesicht zu spüren. Anfangs störten ihn bei diesen Tagträumen die stumpfen Schläge und die dumpfen Schreie, die aus dem hinteren Teil des Lastwagens zu ihm drangen. Aber später hörte er sie nicht mehr. Man gewöhnt sich an alles, warum nicht auch daran? Und diese Schläge konnten ja nicht lange dauern, die Schreie ebensowenig, denn drinnen befanden sich hauptsächlich Frauen und Kinder. Bei erwachsenen Männern hätte alles länger gedauert, auch die Schläge, und so war ihre Arbeit wenigstens in dieser Hinsicht leichter. Götz und Meyer wurde sicher mitgeteilt – das war ja nicht zu vermeiden –, daß fast alle jüdischen Männer in Serbien schon erschossen worden waren. Sie wußten nicht, wie das geschehen, noch auf welche Weise diese Aktion durchgeführt worden war, aber Hand aufs Herz, das hat sie auch nicht interessiert. Ich dagegen weiß, wie sich das abgespielt hatte: Fast alle Männer aus den Familien meines Vaters und meiner Mutter kamen im Herbst 1941 um. Nachdem sie in verschiedenen Auffanglagern und Gefängnissen zusammengezogen worden waren, führte man sie in kleineren und größeren Gruppen zur Erschießung ab, meistens als Vergeltung für getötete deutsche Soldaten. Verscharrt an verschiedenen Richtstätten um Belgrad herum bilden sie ein dichtes Gespinst des Todes, das ich nie vollständig zu entwirren vermochte. Bei denen, die auf dem Messegelände untergebracht waren, kennt man wenigstens den Weg: über die Save-Brücke durch Belgrad nach Jajinci. Ich kenne diesen Weg, sie kannten ihn nicht. Während sie am Lastwagen Schlange standen, glaubten sie, in ein neues Lager in Rumänien oder Polen verlegt zu werden. Hatte ihnen das doch der Lagerkommandant, ein gewisser Andorfer, versichert, der sich sogar die Mühe gemacht hatte, die Regeln des neuen Lagers zu erfinden und sie den Mitgliedern der Jüdischen Verwaltung zukommen zu lassen. Rein zufällig, oder vielleicht auch nicht, hatte der Untersturmführer Andorfer, bevor er sich beruflich der SS widmete, als Geschäftsführer in einem Hotel gearbeitet. Die Bedingungen in diesem Hotel in Sölden im Ötztal waren sicherlich besser gewesen als im Lager auf dem Messegelände, wo die zerbrochenen Fensterscheiben durch Bretter ersetzt wurden, in den Wänden Risse klafften und die Dächer undicht waren. Kein Wunder also, daß sich die Lagerinsassen bereitwillig für den Transport meldeten: möglichst weit weg von diesem Ort, der sie nicht nur durch seine Unmenschlichkeit, sondern auch durch das völlige Ausgeliefertsein an Belgrad erniedrigte, das ihnen vom anderen Flußufer stumm zusah. Der Schmerz ist größer, wenn man das Verlorene ständig vor den Augen hat, das Schweigen kann töten. In allem ist Ordnung wichtig, denken Götz und Meyer, während sie dem Standartenführer Emanuel Schäfer, dem Chef der deutschen Polizei, ansonsten Doktor der Rechtswissenschaften, Rapport erstatten. Schäfer hat den Lagerkommandanten Andorfer über alles unterrichtet, und dieser hat seinerseits alles an seinen Stellvertreter, Edgar Enge, weitergegeben. Enge hat vor dem Krieg, beziehungsweise bis zu seiner Einberufung 1940, als Reiseleiter gearbeitet. So wurde die Endlösung der Judenfrage in Serbien praktisch von einem ehemaligen Hotelier und einem früheren Fremdenverkehrsexperten durchgeführt, was gewiß ironisch, wenn nicht sogar absurd ist, wenn man die Ähnlichkeit dieser Tätigkeiten berücksichtigt, die sich auch im gleichen Vokabular niederschlägt: Unterbringung, Transport, Tages- und Wochenspeiseplan, Lebensmittelbestellung, Sauberkeit, Beschwerden der Gäste. Daß man von denen im Lager nicht als Gästen sprechen kann, das braucht man wohl nicht zu erwähnen, auch wurden ihre Beschwerden nicht ernstgenommen. Formal waren die deutschen Besatzungsbehörden die Gastgeber, aber die Nahrungsbeschaffung wurde aus Mitteln finanziert, die man aus dem Verkauf des geraubten jüdischen Besitzes erlöste. Die Lagerinsassen bezahlten also für ihre Unterbringung selbst. Insgesamt wurden an die Stadt Belgrad 26.900.000 Dinar für gelieferte Lebensmittel bezahlt, deren Nährwert dazu beitrug, daß die Lagerinsassen rapide an Gewicht verloren, was letzten

Endes Götz und Meyer ihre Arbeit erleichterte. Den gleichen Sinn für Wirtschaftlichkeit bewiesen die deutschen Okkupationsbehörden, als sie Mitte Oktober 1941 beschlossen, die übriggebliebenen viertausend jüdischen Männer zu erschießen, davon aber etwa dreihundert auszunehmen, die für die Ordnung unter den Frauen, den Kindern und den Greisen im jüdischen Getto sorgen sollten. Das Getto, das im »Zigeunerviertel« Belgrads eingerichtet werden sollte, wurde nie verwirklicht. Statt dessen errichtete man das Lager auf dem Messegelände. Auch hierbei wurde der Wirtschaftlichkeit Rechnung getragen: Man nutzte die schon bestehenden Pavillons, in denen seit 1937 Messen und Ausstellungen stattgefunden hatten. So wurde im Türkischen Pavillon – vordergründig ganz einleuchtend – das Bad eingerichtet, später befand sich dort allerdings auch die Leichenhalle. Die Beziehung zwischen dem Bad und der Leichenhalle ist nicht ganz klar, es sei denn, man betrachtet den Akt des Sterbens, so häßlich er auch ist, als Übergang zu einem Zustand größerer Reinheit. In das kleine Gebäude nahe dem Eingang, wo sich einst die Messeverwaltung befand, zog das Lagerkommando ein. Die jüdische Lagerverwaltung war im Zentralturm untergebracht. Die meisten Insassen lebten im dritten, dem größten Pavillon, wo man die Trennwände niedergerissen hatte. Dieser Pavillon war etwa fünftausend Quadratmeter groß, was bedeutet, daß jeder Person – und es gab dort an die fünftausend Seelen – ein Quadratmeter Lebensraum zur Verfügung stand. Da die Sterberate unter den Lagerinsassen, schon bevor Götz und Meyer nach Belgrad kamen, hoch war, vergrößerte sich dieser Lebensraum. Dessen waren sich die Insassen meist nicht bewußt, so daß sie den zusätzlichen Raum nicht nutzten. Das darf man allerdings nicht den Insassen ankreiden, denn sie waren glücklich, sich überhaupt bewegen zu können. Deshalb war übrigens auch die Freude groß, als Götz und Meyer mit ihrem Lastwagen vor dem Lager auftauchten: Man würde sie irgendwohin bringen, wo es wenigstens mehr zu essen gab und wo sie sich ordentlich die Beine vertreten konnten. In solchen Augenblicken wird das Leben an kleinen Dingen gemessen: an der Länge der Lagerstatt zum Beispiel oder an Wollstrümpfen. Auch im Ersten Pavillon, wo die später angekommenen Juden untergebracht wurden, wird es nicht besser gewesen sein, obwohl mir seine Fläche nicht bekannt ist. Im Vierten Pavillon wurde später die Küche eingerichtet; anfangs war das Essen mit Autos aus Belgrad gebracht worden. Die jüdischen Männer, die von den Erschießungen verschont geblieben waren, lebten im Fünften Pavillon. Der Zweite Pavillon war den Zigeunern vorbehalten. Später wurden dort die Werkstätten eingerichtet: eine Schlosserei, eine Schusterwerkstatt, eine Schneiderstube und eine Tischlerei. Das Lager hatte sein eigenes Krankenhaus und eine Apotheke: an die fünfzig Betten im Pavillon der Nikola-Spasić-Stiftung. Eine richtige kleine Stadt. Schade, daß man die Notdurft unter freiem Himmel verrichten mußte. Hätte man das besser gelöst, wäre das Messegelände ein Musterbeispiel für ein Nazi-Lager geworden. Den Kommandanten Andorfer machte das nur noch unglücklicher. Er war ein junger Mann, in den Dreißigern, vor Kraft strotzend, aufgeregt, weil er in einer triumphalen Epoche des

Deutschen Reiches lebte: Wenn schon um ihn herum Krieg geführt wurde, und er wurde geführt, so wollte er an ihm teilnehmen. Seinen Gesuchen wurde nicht stattgegeben, und er mußte in seinem Amt bis Ende April 1942 ausharren, als die Judenfrage in Serbien beinahe gelöst war und Götz und Meyer schon von ihrer Heimkehr träumten. Insbesondere Götz, oder war es vielleicht Meyer, hatte lebhafte Träume, wurde nachts oft wach, ganz in Schweiß gebadet, wenn er von etwas Häßlichem geträumt, ganz fröhlich, wenn er im Traum das alte Elternhaus betreten hatte, und manchmal wurde er auch gar nicht wach, sondern er schrie und stöhnte nur, so daß Meyer, falls es nicht Götz war, aufstehen, ihn an den Schultern packen und schütteln mußte. Ähnliche Schreie waren nachts auch aus dem Dritten Pavillon zu hören, sie wurden allerdings weniger durch Alpträume als durch Wasser und Urin verursacht, die von den oberen Lagerstätten zwischen den Brettern hindurch tropften. Die Wirklichkeit war entsetzlich genug, es war nicht nötig, von etwas anderem zu träumen, zumindest nicht in der Nacht. Tagsüber waren Träume willkommen, denn die Überzeugung, all das passiere nur im Traum, und noch dazu jemand anderem, half, die Zeit zwischen Morgengrauen und Abenddämmerung zu überbrücken. Ich rede so, als wäre die Zeit ein Fluß wie die Save, die in der Nähe vorbeifließt, dabei hätten die Insassen nicht einmal einen Bach durchwaten können. Über die Save kamen sie nur im Lastwagen, den Götz und Meyer fuhren, oder eingewickelt in weiße Tücher, tot und steif, auf Bahren, über den vereisten Fluß getragen von jüdischen Männern, die von der Erschießung verschont geblieben, oder von jüdischen Frauen, die noch nicht gestorben waren. Die Lagerinsassen sorgten also nicht nur selbst für ihre Ernährung, sie kümmerten sich auch um ihre Toten. Sie töteten sich sogar selbst – so hätten es Götz und Meyer ausdrücken können –, weil sie ohne jeglichen Zwang die Luft voll giftiger Ausdünstungen schluckten, und je mehr sie davon einatmeten, um so mehr verkürzten sie paradoxerweise ihr Leben. Ich weiß, das klingt absurd, und Götz und Meyer haben wahrscheinlich nicht einmal daran gedacht, aber das ist die Methode, mit der man die Verantwortung auf jene abwälzt, die ohnehin nichts mehr zu verlieren haben. Wenn man zu einem Teil eines Mechanismus wird, übernimmt man die gleiche Verantwortung wie jedes andere Teil. Götz und Meyer wissen nichts davon. Ihre Aufgabe ist zu fahren, und sie fahren, immer lächelnd, auch wenn der Wind ihnen Staub ins Gesicht weht. Ihnen ist es völlig egal, was sie im Kasten ihres Lasters befördern, eine Ladung Juden oder ein Haufen Zuckerrüben. Wenn die Tür aufgeht, fallen die erstickten Leiber heraus, die ersten stürzen auf den Boden, die nächsten prallen mit immer dumpfer werdenden Stößen auf sie, und die letzten Leichen gleiten nur noch leise auf die vorangegangenen. Nicht darauf vorbereitet, schrecken die von den vier deutschen Posten bewachten fünf, oder vielleicht sieben, serbischen Gefangenen vor der Lawine der Toten zurück, aber die ausgestreckten, starren jüdischen Hände berühren die Sohlen ihrer Arbeitsstiefel. Wo waren da Götz und Meyer? Und was tat Andorfer? Hat er das Ausladen überwacht, oder hat er sich abgesondert, ungeduldig von einem Fuß auf den anderen tänzelnd und vielleicht auf einem trockenen Grashalm kauend? Als ich das erste Mal versuchte, den Stammbaum meiner Familie zu zeichnen, sah er aus wie eben dieser Grashalm, wie ein nackter, blattloser Baumstamm. Ich trug einige Namen zusammen, die ich von einem verkalkten Verwandten bekam, der seinen Lebensabend in einem Altersheim in Bežanijska Kosa verbrachte. Ich köderte ihn mit Schokoladebonbons, die ihm wegen seines erhöhten Blutzuckers verwehrt waren, und so gelang es mir, für einen Augenblick den Schleier seiner Vergeßlichkeit zu lüften. Damals wußte ich nicht, daß Götz, oder Meyer, sich ebenfalls der Bonbons als Täuschungsmittel bedient hatte. Allerdings hatten jene Süßigkeiten die Aufgabe, den Schleier der Vergeßlichkeit auszubreiten, was zugegebenermaßen etwas völlig anderes ist. Beide Male geht es um einen Schleier, da gibt es keinen Zweifel, aber das Leben besteht nicht aus Substantiven, sondern aus Verben. Am ersten Tag erledigten die serbischen Gefangenen, so habe ich es irgendwo gelesen, ihre Arbeit binnen einer knappen Stunde zur unverhohlenen Freude des Kommandanten Andorfer, der im tadellosen Funktionieren des Personals und in der offensichtlichen Wirtschaftlichkeit der geleisteten Arbeit ein gutes Zeichen sah: Mit dem Sonderauftrag, wie er im Telegramm der Gestapo genannt wurde, hatte man also begonnen, jetzt blieb nur, ihn zu Ende zu führen. Man konnte sich sogar ausrechnen, wann er beendet sein würde, und danach würde auch Andorfers Traum, näher an die Front versetzt zu werden und sich dem Kampf gegen die bösen Kommunisten anzuschließen, in Erfüllung gehen. Im Lager hingegen fühlte sich Andorfer nicht mehr wohl, weil er inzwischen mit den Mitgliedern der jüdischen Verwaltung vertraulich geworden war und mit einigen sogar Karten spielte und Kaffee trank. Mir ist nicht bekannt, ob es sich um echten Kaffee oder um Kaffee-Ersatz gehandelt hat, und ebensowenig ist es mir gelungen zu erfahren, was sie gespielt haben: vielleicht Schafskopf oder Rommee oder ein anderes leichtes Spiel, bei dem die Zeit schneller verging. Mein Verwandter zum Beispiel legte Patience. Er hatte große fleischige Ohren, eine hängende Unterlippe und wäßrige Augen. Auch beim besten Willen konnte ich darin meine Züge nicht wiederfinden. Als ich das erste Schokoladenbonbon auf den Tisch legte, streckte er die Hand aus, griff nach der Süßigkeit, führte sie an die Nase, stopfte sie sodann in den Mund und brachte murmelnd hervor: Klara. Ein dünnes Rinnsal von Schokoladenspucke lief ihm das Kinn hinunter. Nach dem zweiten Bonbon sagte er: Flora. Nach dem dritten fragte er mich, ob ich ihn rasieren würde. Ich wollte zunächst noch weitere Namen hören. Ich hielt einen Bleistift in der Hand, ein Blatt Papier lag vor mir auf dem Tisch, ich war bereit zu schreiben. Matilda, sagte der Verwandte, Bukica, Estera, Sara, Mara, Lenka, Rašela, Rifka, Zlata. Hastig notierte ich die Namen, der Bleistift flog über das Papier, ich hoffte, ich würde das später entziffern können. Der Verwandte verstummte plötzlich. Ich holte noch ein Bonbon hervor und knüpfte daran die Bedingung, er solle die Männernamen aufzählen. David, sagte der Verwandte und schloß die Augen, Isak, Daniel, Bata, Jakov, Moric, Leon, Samuilo, Ruben, Rafael, Haim, Solomon, Ilija, Josif, Marko, Moša, Avram. Dann rasierte ich ihn. Götz und Meyer waren auch immer frisch rasiert, vor allem derjenige von ihnen, der ins Lager ging und die Kinder auf den Arm nahm, denn er wußte, daß die Kinder Angst vor Bärten hatten, außer wenn sie lang und weiß waren wie beim Weihnachtsmann. Ich glaube nicht, daß die Jungen und Mädchen, die auf ihn zuliefen, überhaupt wußten, wer der Weihnachtsmann war. Ich bin auch überzeugt, daß ein Stoppelbart im Gesicht des Mannes, der wie ein Engel in ihr Leben trat, Geschenke hinterließ und wieder verschwand, sie nicht gestört hätte. Die Mütter hielten sie nicht zurück. Übrigens stellten Götz und Meyer auch für sie etwas wie Engel dar, da ihre Ankunft die lang ersehnte Abreise ankündigte. Und wer, wenn nicht Engel, hätten sie von da wegbringen, wer ihre Schreie hören können? Ich besuchte meinen Verwandten noch drei, vier Mal in seinem Zimmer, immer mit einem Tütchen Schokoladebonbons in der Tasche, und es gelang mir, noch ein paar Vor- und Familiennamen aus ihm herauszuquetschen, die Linien der Eheschließungen und die Verwandtschaftsgrade festzustellen und zumindest annähernd die Zahl der männlichen und weiblichen Vorfahren herauszubekommen. Dann, als ich Schokoladenkrümel und Spuckeschlieren von seinem Gesicht wischte, beschloß ich, mit diesem Spiel aufzuhören. Wenn ich so weitermache, dachte ich, werde ich sein Ende ganz sicher beschleunigen, was mich mit Götz, oder Meyer, gleichsetzen würde, obwohl ich damals von ihm, von ihnen, noch nichts wußte. Mein Stammbaum sah mittlerweile anders aus. Er hatte Blätter bekommen, verzweigte sich und wurde kräftiger. Nach dem so entstandenen Bild zu urteilen, mußte ich siebenundsechzig nähere und fernere Verwandte haben. Aber in Wirklichkeit hatte ich, wie ich später feststellte, zusammen mit dem Verwandten aus dem Altersheim in Bežanijska Kosa nur sechs, eigentlich nur fünf, da dieser Verwandte kurze Zeit später starb, im Pyjama, im Bett, im Schlaf. Jeder Tod sollte im Schlaf kommen, leicht und schmerzlos, so wie der Herrgott ihn sich ausgedacht hat, sagte ich zu mir, während der Rabbiner an seinem Grab Gebete sprach. Ich hoffe, mein Tod wird auch so sein. Ich begann zu fahnden, staubige Archive und Museen zu besuchen, schleppte immer neue Bücher aus den Bibliotheken heim, starrte auf Gruppenfotos, verglich verschiedene Berichte und Listen. So tauchte ich in fremde Leben ein, als wären sie mein eigenes, und das waren sie eigentlich auch, nur daß mein Leben nichts davon wußte. Ich war eins von ein paar lockeren Körnern, die an einem Maiskolben übriggeblieben waren. Ein anderes, so erfuhr ich später, war eine Tante in Argentinien, ein drittes ein Vetter, der in Israel lebte, das vierte war eine ferne Verwandte in Amerika, das fünfte und das sechste standen zusammen etwas abseits für den jüngsten Bruder meines Großvaters und seine noch jüngere Schwester, die jetzt, beide vergreist, in Australien lebten. Ich habe nie geheiratet. Mit anderen Worten, wenn wir nicht mehr leben, wenn auch unsere Körner in die Schüssel der Zeit gefallen sind, wird von den Familien meiner Eltern keiner mehr übrig sein. Im ersten Augenblick löste diese Erkenntnis einen richtigen Aufruhr in mir aus, später beruhigte ich mich. Der Ärger erzeugt nur Gift, das durch die Adern strömt und einem den Verstand trübt, und dennoch würde sich nichts an der Tatsache ändern, daß ich ein verschrumpelter Apfel am Ende eines trockenen Astes an einem verdorrten Baum bin. Der Tod ist nicht heilbar. Ich könnte wetten, daß Götz und Meyer an so etwas nie gedacht haben. In ihrem Alter, und ich bin bereit anzunehmen, daß sie jünger waren als der Kommandant Andorfer, denkt man nicht allzuviel an den Tod, zumindest nicht an den eigenen, nicht einmal im Krieg. Sie hatten noch alle ihre Zähne, ihr Haar war, obwohl kurzgeschnitten, noch immer voll, die Haut straff, die Muskeln fest, das Herz gesund. Wer sollte da an den Tod denken, zumal wenn man am Lenkrad des mächtigen Saurers saß? Und mächtig ist er, das muß man schon sagen, denn seine Kraft und seine Leistung sind nicht in Tonnen und Kilometern, sondern in menschlichen Seelen zu messen. Vom Messegelände bis zum Fuß des Avala-Berges verschluckt er spielend achtzig Seelen, manchmal auch hundert und wird davon überhaupt nicht müde, keine Spur von Überhitzung oder Erschöpfung. Selbst an den Tagen, an denen er zweimal den gleichen Weg zurücklegte, womit sich die beförderten Seelen der Zahl zweihundert gefährlich näherten, war ihm nichts anzumerken. Gut sei ein Lastwagen, sagten Götz und Meyer, der anhänglich wie ein Pferd, ausdauernd wie ein Esel und eigensinnig wie ein Maultier sei. Treffender hätte man dieses technische Wunderwerk nicht beschreiben, genauer seine inneren und äußeren Eigenschaften nicht wiedergeben können. Die Häftlinge haben ihn zweifellos, obwohl das nirgendwo vermerkt ist, ganz anders erlebt: als einen Feuerwagen oder als einen fliegenden Teppich, der sie mitnehmen, hoch über die Erde heben, dann weich landen und sie in die Wirklichkeit zurückbringen sollte. Sie wußten nicht, wie nahe sie der Wahrheit waren. Das ist, natürlich, meine Konstruktion, zu der ich später gekommen bin, nachdem ich ihre Leben nachgezeichnet und versucht hatte, ihren Tod zu entschlüsseln. Das war keine leichte Arbeit, da soll man sich nicht täuschen. Zunächst mußte ich ihre Namen ermitteln, dann stellte ich ihre Anschriften und Berufe fest, ihre Mitgliedschaft in verschiedenen Organisationen, weltlichen und kirchlichen, ihre politische Gesinnung, ihre Zugehörigkeit zu Verwaltungs- und Aufsichtsräten, Schulen, die sie besucht, Ausflüge, die sie gemacht, Vermögen, das sie besessen hatten. Ich kaufte mir einen Plan von Belgrad und kreuzte ihre einstigen Wohnungen an. Ich weiß nicht, was ich mir davon versprochen hatte, aber die Anordnung der Kreuzchen ergab in ihrer Beliebigkeit keine geheime Botschaft. Die Stadt hatte sich inzwischen verändert, und die Kreuzchen lagen teilweise auf Märkten oder inmitten von Grünanlagen, auf Spielplätzen oder unter neuen Wohnblocks. Einige Häuser, vor allem die im Stadtteil Dorćol, standen noch, hatten jedoch meist abgeblätterten Putz, verbeulte Regenrinnen und feuchte Korridore. Ich stand davor, schaute sie an, als könnten sie mir etwas mitteilen, schlich so lange um sie herum, bis ich besorgte Gesichter hinter den Vorhängen bemerkte. An allen diesen Leben, an den Schatten dieser Leben, trug ich so schwer, daß ich mich manchmal nur mit größter Mühe fortbewegte. Götz und Meyer hätten ganz bestimmt kein Verständnis dafür gehabt. Beide waren schlank, beide machten willig gleich nach dem Aufstehen, noch in der Unterwäsche, Leibesübungen. Hinzu kommt, daß Götz, obwohl das auch Meyer gewesen sein kann, regelmäßig frisches Obst aß, aber er mochte genauso gern auch Apfelmus und ganz besonders Dörrpflaumen. Einmal haben sich die beiden lange über die Bedeutung von Dörrpflaumen für die Verdauung unterhalten, und bei einer anderen Gelegenheit erwähnte Götz, oder Meyer, derjenige, der vielleicht nicht verheiratet war, gegenüber Meyer, oder Götz, demjenigen, der vielleicht verheiratet war, frisches Obst, in größeren Mengen verzehrt, würde die häufigen Halsentzündungen seiner Tochter lindern. Meyer, oder Götz, machte sich deswegen immerzu Sorgen und bat seine Frau in jedem Brief, auf die Kleine aufzupassen und ihn unbedingt über ihren Gesundheitszustand auf dem laufenden zu halten. Heute ist es nur eine Halsentzündung, morgen kann es schon eine Lungenentzündung sein und übermorgen gar etwas noch Schlimmeres. Ständig muß man auf der Hut sein, das ist die ganze Lebenskunst. Ein einziges Mal gibst du nicht acht, und am nächsten findest du dich schon in einem Lager wieder, so leicht geht das. Gerade die Juden – das war im Deutschen Reich sehr wohl bekannt – waren in äußerst schlechter körperlicher Verfassung, da sie sich ganz auf geistige Leistungen und das Murmeln von Gebeten konzentrierten, als könnten der Geist und die Gebete sie vor allem beschützen. Als sie dann zum ersten Mal vor körperliche Herausforderungen gestellt wurden, erloschen sie wie Kerzen im Wind. Das war gut an meinem Stammbaum abzulesen. Bis zum Frühjahr 1941, genauer bis zum 16. April, erreichten die Mitglieder der Familien meines Vaters und meiner Mutter ein durchschnittliches, oft ein hohes Alter, aber dann schnellte bis zum Mai 1942 ihre Sterberate unaufhaltsam empor, und ihre Lebenserwartung verkürzte sich. Von dem weitverästelten Baum blieb nur eine gestutzte Krone mit einigen wenigen, rachitischen Zweigen übrig. Ich starrte diese zwei Jahre an, die wie Raupen meinen Baum kahl gefressen hatten. Mein Herz schlug so heftig, daß ich beide Hände auf die Brust pressen mußte. Auch Götz, oder Meyer, faßte sich mal ans Herz, aber das war damals, als dem Saurer die Hinterachse brach. Mir zerbrach das Leben, das war der Unterschied. Die Achse konnte man wieder zusammenschweißen, so daß sie wieder, wie man so sagt, wie neu war, aber das Leben, einmal gebrochen, bleibt ein ewiges Straucheln. Wo man auch geht, stolpert man, da ist nichts zu reparieren. Im besten Fall hätte ich zu einem Arzt gehen können und sagen: Herr Doktor, mir ist das Herz gebrochen. Ich an seiner Stelle hätte mich auch kaputtgelacht. Statt dessen irrte ich durch Belgrads Straßen auf der Suche nach Geistern. Für Außenstehende schritt ich wie ein Rentner – einen Fuß vor den anderen setzend –, mit hängenden Schultern, mit auf dem Rücken verschränkten Händen, aber tief in mir war ich aufgewühlt, raste ich, rang nach Luft und spürte, wie ich völlig verstört zerfiel. Nein, so etwas wäre Götz und Meyer nicht passiert und noch weniger dem Untersturmführer Andorfer und dem Scharführer Enge. Sie waren außen und innen dieselben Menschen. Damals wußte ich noch nichts von ihnen. Ich wußte überhaupt von nichts. Meine Eltern sprachen nicht über ihre Vergangenheit. Und als sie gestorben waren, interessierten mich andere Dinge: Spaziergänge auf dem Kalemegdan und mehr als alles andere das Sammeln von Briefmarken mit Schriftstellerportraits und mit literarischen Motiven. Meine Eltern sprachen nicht einmal von ihrem – und meinem – Judentum, vermutlich aus der Überzeugung, dieses Schweigen würde uns unsichtbar machen, falls das Böse wieder an unsere Tür klopfen sollte. So beschränkten sich meine Kenntnisse auf allgemeine Fakten aus Schulbüchern, dem Geschichtsunterricht, aus Filmen und literarischen Werken, die mir jedoch auf keine Weise zu erkennen gaben, daß die Geschichte sich auf mich bezog. Die Geschichte ist übrigens unpersönlich, und es kann sie, zumindest als Wissenschaft, nicht auf der Ebene des Individuums geben, weil sie dann nicht zu begreifen wäre. Daher reduziert sich jede Geschichtsschreibung auf die Suche nach kleinsten und größten gemeinsamen Nennern, als seien alle Menschen gleich und alle menschlichen Schicksale identisch. Diese Behauptungen mögen unfundiert erscheinen, aber ich will versuchen, sie mit einem simplen Beispiel zu belegen. Die Historie teilt uns beispielsweise trocken mit, daß die deutschen Okkupationsbehörden an besagtem 16. April 1941 einen Befehl zur Erfassung und Kennzeichnung aller Juden herausgegeben haben und daß sich laut einem der Berichte, die die Verwaltung der Stadt Belgrad dem Innenministerium über ihre Tätigkeit vorzulegen hatte, bis zum 13. Juli desselben Jahres fast neuneinhalbtausend Belgrader Juden gemeldet hätten. Hier setzt die Geschichtsschreibung einen Punkt. Man braucht sich jedoch nur zu fragen, wie sich jeder dieser neuneinhalbtausend Männer, Frauen und Kinder gefühlt haben mag, als er die gelbe Armbinde oder den sechszackigen Stern anlegte, und schon beginnt die Geschichte zu bröckeln und auseinanderzufallen. Die Geschichte hat keine Zeit für Gefühle, noch weniger für Mißtrauen und Schmerz und am wenigsten für die dumpfe Sprachlosigkeit und für das Unvermögen, das Geschehene zu begreifen. Heute bist du ein menschliches Wesen, am nächsten Tag bist du trotz des Kennzeichens, oder vielleicht gerade deswegen, ein unsichtbarer Mensch. Nein, das ist nicht die Historie, das ist eine Katastrophe kosmischen Ausmaßes, bei der jeder einzelne einen eigenen Kosmos bildet. Neuneinhalbtausend Kosmen wechseln aus dem festen in einen gasförmigen Zustand, was nicht eine bloße Metapher ist, zumal wenn es sich um jene fünftausend Seelen handelt, die das Heck des Götz- und Meyerschen Lastwagens von innen kennengelernt haben. Ich will als ein weiteres Beispiel die Anordnung der militärischen Befehlshaber in Serbien vom 30. Mai desselben Jahres anführen, wonach alle Juden und auch die Zigeuner binnen zehn Tagen ihr Vermögen auflisten mußten, und für deren Durchführung auf Anweisung des Vorsitzenden des Stadtparlaments vom 4. Juni hin eigens eine Rechtsabteilung eingerichtet wurde, die gleichzeitig verpflichtet war, die bearbeiteten Listen an das Bezirkskommando weiterzuleiten. Die Rechtsabteilung erledigte ihre Aufgabe binnen der vorgesehenen Frist und leitete bereits am 14. Juni eine Liste von 3474 Juden und Zigeunern weiter, die ihr Vermögen deklariert hatten. In einem Begleitschreiben wurde erklärt, die Abteilung sei nicht imstande, dem Bezirkskommando die Deklarationen zukommen zu lassen, da sie unter anderem keine Beamten habe, die der deutschen Sprache mächtig seien, und zudem über keine einzige Schreibmaschine mit lateinischer Schrift verfüge. Das ist die Geschichte. Von ihr unbeachtet bleiben all die Jahre, Kenntnisse und Fertigkeiten, die jede auf der Liste aufgeführte Person investiert hatte, um diese Vermögen zu erwerben, gleich ob es sich um einen Markthändler, einen Chemiker, einen Rechtsanwalt oder eine Hausfrau handelte. Genausowenig bewertet die Geschichte die Tatsache, daß im gesamten Schriftverkehr die Wörter Jude und Zigeuner mit kleinen Anfangsbuchstaben geschrieben wurden. Minderwertigen Menschen stehen doch keine groß geschriebenen Wörter zu. Das war auch später im Lager auf dem Messegelände zu spüren, wo von den Insassen, insbesondere von den männlichen, erwartet wurde, jeden Deutschen mit Ziehen des Hutes und einer tiefen, bis zum Boden reichenden Verbeugung zu grüßen. Ich hätte das nicht vermocht wegen meiner Wirbelsäule, die mir schon seit Jahren Schwierigkeiten bereitet. Es genügt eine kleine, unvorsichtige Bewegung, eine zu große Anstrengung oder eine plötzliche Drehung, und schon kann ich mich, steif wie eine Schiffsmast, für Tage kaum noch bewegen, verbringe die Nächte ausgestreckt auf dem Boden oder auf einem unter die dünne Matratze geschobenen Brett. Götz und Meyer würde das wohl nicht stören, ich meine die Härte des Bodens oder des Bretts. Sie waren Soldaten, gewöhnt an die Unbequemlichkeiten des Kriegs, sie konnten an jedem Ort in Schlaf sinken, im Führerhaus, auf freiem Feld oder in einem Graben, obwohl Götz, aber auch Meyer, es vorzog, sich mit einem Federbett zuzudecken. Anfangs schaudert man ein bißchen bei der Berührung mit dem kalten Bettuch, dann hüllt einen langsam die

Wärme ein, und am Ende hat man daunenweiche Träume. Wenn vor dem Einschlafen der Blick auch noch auf die Quitten oben auf dem Schrank fällt, deren Duft einem angenehm in die Nase dringt, dann ist das Erlebnis vollkommen. Die Frauen und die Kinder im Lager auf dem Messegelände konnten natürlich von Federbetten und Quitten nur träumen. Obwohl manche von ihnen eigenes Bettzeug mitgebracht hatten, schlief die Mehrzahl auf blanken Brettern, die stellenweise mit einer dünnen Schicht feuchten Strohs bedeckt waren. In jenen Kriegsjahren mangelte es an allem, auch an Stroh, was letztlich nur den Läusen zupaß kam. Sobald ich an Läuse denke, beginne ich, mich zu kratzen und mir mit den Fingern durchs Haar zu fahren. Götz, oder Meyer, derjenige, der den Kindern Bonbons schenkte, ekelte sich offenbar nicht. Vielleicht hatte er zu Hause in Deutschland oder in Österreich einen Hund und war daher an Flöhe gewöhnt, jagte sie geschickt und zerdrückte sie mit einem leisen Knacken zwischen den Fingernägeln. Ich habe weder Götz noch Meyer je gesehen, außer in meiner Phantasie, und doch bin ich irgendwie sicher, daß Götz, oder Meyer, einen Pudel hatte, ein kleines flauschiges Etwas, das Lilly hieß. Wäre Lilly auch nur einmal in das Lager am Messegelände gekommen, was für eine Freude hätte sie den Kindern bereitet! Alle hätten sich um sie geschart, ihre kleine Schnauze berührt, das Schwänzchen und die Pfötchen betastet, die Schokoladenbonbons vergessen. Laut Bericht vom 6. Februar 1942, den der Kommandant Andorfer an die Verwaltung der Stadt Belgrad gerichtet hat, befanden sich im Lager 1136 Kinder unter sechzehn Jahren sowie 76 Säuglinge.

Ganz gewiß änderte sich die Gesamtzahl ständig, weil bis Ende Februar und auch später immer wieder neue Gefangene eintrafen, darunter auch etwa dreihundert jüdische Frauen und Kinder aus dem Lager in Niš, während es unter denen, die bis dahin an Krankheiten, Kälte und Mißhandlungen gestorben waren, zweifelsohne auch Kinder gegeben haben muß. Die Verstorbenen wurden in den Türkischen Pavillon gebracht. Wenn etwa zwanzig Leichen zusammengekommen waren, wurden sie, in weiße Tücher gewickelt, über die vereiste Save zum Belgrader Ufer gebracht. Kurzum, aus meiner Berechnung und der Annahme, daß sich unter den Opfern der Erschießungen, die es vor dem Eintreffen des Götz- und Meyerschen Lastwagens gegeben hatte, auch eine gewisse Anzahl von, hauptsächlich älteren, Kindern war, ergibt sich, daß mindestens tausend größere Kinder und fünfzig Säuglinge im Heck des besagten Lastwagens den Tod gefunden haben, obwohl man den Tod nicht sucht, sondern er vielmehr von alleine kommt. Nach einer anderen Berechnung, die wesentlich genauer war und auf dem Zählen der kleinen und kleinsten Zweige meines Stammbaums beruhte, befanden sich unter den Erwähnten auch zwölf Kinder aus den Familien meiner Eltern im Alter zwischen zwei und fünfzehn Jahren. Obwohl Götz, oder Meyer, nicht soviel Bonbons hatte wie es Kinder im Lager gab, erlaube ich mir die Vermutung, daß wenigstens einem dieser zwölf ein dunkles süßes Kügelchen zuteil wurde, welches wie durch einen Zauber, wenn auch nur für einen kurzen Augenblick, das Leben glücklicher machte. Das Glück schmilzt jedoch genausoschnell dahin wie die Schokolade im Mund,

und so sehr sich mein kleiner Verwandter auch bemüht haben mag, den Geschmack auf der Zunge zu bewahren, er verschwand, verflüchtigte sich, trat zurück und überließ den Platz der trügerischen Erinnerung. Die Erinnerung, so merkwürdig das auch klingt, war das einzig Beständige im Lager auf dem Messegelände, vor allem um fünf Uhr morgens, wenn die Lagerinsassen von einer Trompete geweckt wurden und zum Appell hinausliefen, den der Lagerkommandant oder sein Stellvertreter abnahm. Um sechs wurde das Frühstück ausgeteilt, um zwölf das Mittagessen, um sechs Uhr abends das Abendessen, und um acht mußten alle Lagerinsassen in den Pavillons auf ihren Betten liegen. Ein ordentliches Leben, das muß man schon sagen, obwohl es nicht so verlief, wie sich das die Belgrader Juden vorgestellt haben mögen – falls sie sich überhaupt etwas vorstellten –, als sie sich am 8. Dezember 1941 aufmachten, den Aufforderungen der Sonderpolizei für Juden Folge zu leisten. Bis dahin waren fast alle jüdischen Männer erschossen worden, so daß in den langen Schlangen vor dem Polizeigebäude hauptsächlich Frauen, Kinder und ältere Personen standen. Sie durften Verpflegung für drei Tage, Besteck, Decken und soviel Gepäck mitnehmen, wie sie tragen konnten. In den folgenden fünf Tagen wurden sie mit Lastwagen über die Save ins Lager gebracht. Zuvor mußten sie ihre Wohnungen und Keller abschließen und die Schlüssel zusammen mit einem Zettel, auf dem gut lesbar der Name und die Adresse standen, bei der Anmeldung abgeben. Diese Schlüsselbunde, die beim Besitzerwechsel fröhlich klingelten, waren für sie Fahrscheine. Die Schlüssel abgeben und sich auf den Lastwagen setzen – nichts einfacher als das. Unter den Wartenden befanden sich – das ist schon wieder eine meiner Berechnungen – neben den zwölf Kindern auch dreiundzwanzig erwachsene Verwandte von mir, achtzehn Frauen und fünf ältere Männer. Nur ein Mann, ein gewisser Haim, dessen Name sich in manchen Dokumenten auf wundersame Weise in Benko verwandelte und der weiterhin seinen Dienst als Arzt im Jüdischen Krankenhaus in Dorćol verrichtete, war noch am Leben. Nicht mitgerechnet habe ich natürlich die Verwandten, von denen ich später erfuhr, daß sie im Ausland lebten, und auch nicht meinen Vater, der als Leutnant der Reserve bei der jugoslawischen Vorkriegsarmee in einem Kriegsgefangenenlager für Offiziere in Deutschland saß. Meine Mutter hatte sich zu dieser Zeit schon mit mir in dem serbischen Dorf S. versteckt. Nicht sie hat mir das erzählt. Solange sie lebte, weigerte sie sich, über die Vergangenheit zu reden, aber die Vergangenheit hat mich damals auch nicht interessiert. Erst später habe ich das erfahren, als ich mich im Museum für jüdische Geschichte in Belgrad in den Wust von Dokumenten und Zeugnissen vertiefte. Ich war anderthalb Jahre alt, als wir ins Dorf kamen, und viereinhalb, als wir es wieder verließen. Ich erinnere mich nur noch an Hühner, die Krümel von meiner kleinen Handfläche pickten. Meine Mutter war damals siebenundzwanzig, mein Vater fünfunddreißig. Sie hatten im April 1939 geheiratet, und ich kam am 18. Mai des darauffolgenden Jahres zur Welt, obschon es auch der 17. Mai gewesen sein kann, denn ich wurde genau um Mitternacht geboren. Nichts von alledem konnten Götz und Meyer wissen, als sie auf dem

Weg nach Belgrad waren. Während der Fahrt fing Götz, oder Meyer, einmal sogar an zu jodeln, um den Meyer, oder Götz, heiter zu stimmen, der beim Gedanken an sein krankes Töchterchen traurig geworden war. Götz, oder Meyer, war trotz des Jodelns der Ansicht, Meyer, oder Götz, sei zu weich für eine so verantwortungsvolle Tätigkeit wie die ihre, aber er hat ihm das nie gesagt. Weichheit ist der erste Schritt zur Unsicherheit, das hatten ihnen ihre Vorgesetzten eingeschärft, aber die Tatsache, daß Meyer, oder Götz, jede Aufgabe prompt und mit Erfolg erledigte, vertrieb die Zweifel bei Götz, oder Meyer. Und so fuhren sie. Gebirge wechselten mit Ebenen ab, Wälder mit Feldern, Bergbäche mit der trägen und lang gezogenen Donau. Schließlich erblickten sie Belgrad. Der Lastwagen brummte fröhlich, er war zuverlässig wie immer, und alles, einschließlich des schönen Sonnenuntergangs, kündete davon, daß Götz und Meyer die ihnen anvertraute Aufgabe zur allgemeinen Zufriedenheit erledigen würden. Die Unzufriedenen, wenn man die Lagerinsassen selbst sowie die fünf oder sieben serbischen Gefangenen ausnahm, konnte man an den Fingern einer Hand abzählen. Wenn es jedoch um den Saurer ging, der zwischen dem Messegelände und Jajinci fuhr, hätte die Hand überhaupt keine Finger haben müssen, denn nirgendwo wurde auch nur ein einziges Problem vermerkt. Der Antrag des Kommandanten Andorfer, der mitten in der Auflösung des Lagers um seine Versetzung an die Front ersuchte, hatte eher etwas mit seiner guten Nase zu tun: Er hatte, symbolisch gesprochen, den Geruch von Kohlenmonoxyd kennengelernt und meinte, es wäre an der Zeit, den des Pulvers zu schnuppern. Ich kenne keinen dieser Gerüche. Dem Kohlenmonoxyd bin ich, wie man so sagt, um ein Haar entkommen, und vom Militärdienst wurde ich aus gesundheitlichen Gründen, auf die ich hier nicht näher eingehen möchte, befreit. Ehrlich gesagt, weiß ich auch gar nicht, ob Kohlenmonoxyd einen erkennbaren Geruch hat, und Schießpulver soll angeblich mehr stinken als riechen, was mein Unwissen allerdings nicht rechtfertigt. Aber der, der zugibt, nicht zu wissen, ist immer im Vorteil gegenüber dem, der auf gut Glück rät. So tröstete ich mich, während ich die Daten für meinen Stammbaum zusammentrug. Als ich fertig war, stellte ich fest, daß ich erst am Anfang stand, daß es kein endgültiges Wissen gab, daß vielmehr jedes Wissen der Vorhof zu neuen Bereichen des Unwissens ist. Ich wollte dahinterkommen, wer und was ich bin und woher ich komme, aber je mehr ich mich dem näherte, desto ferner war ich. Ich fuhr mit dem Bus zum Messegelände und lief dort zwischen den baufälligen Gebäuden herum, starrte auf den Boden, als könnte ich dort etwas finden, lauschte dem Wind in den Baumkronen, übersprang vorsichtig die Risse in den Betonplatten. Ich fand nichts. Hinter mir glänzten die Fenster der Hochhäuser von Neu-Belgrad, vor mir zeichnete sich gegen den trüben Himmel die Silhouette Belgrads ab, in mir machte sich eine Leere breit, unter mir raunten die Toten. Der auf ein großes weißes Blatt Papier gezeichnete Stammbaum ruhte auf dem Arbeitstisch in meinem Wohnzimmer. Akkurat hatte ich alle Namen und Daten eingetragen, mit schwarzem Filzstift den Verwandtschaftsgrad eingezeichnet, mit rotem Stift die noch lebenden Personen eingekreist. Die erste Version zeichnete ich von oben nach unten und in die Breite. Dann aber brach ich ab, weil ich dachte, dieses Netz des Lebens und des Todes dürfe nicht aussehen wie ein Farn, der aus einem kopfüber an der Decke befestigten Blumentopf hängt. Das zweite Mal begann ich von unten, dort, wo sich die Wurzeln befinden sollten. Da erst atmete ich auf. Aus der dichten Krone stach mein Zweig hervor wie ein Jungtrieb, der sich hartnäckig weigerte einzugestehen, daß der Baum eingegangen war. In meinem fünfzigsten Lebensjahr, zumal in Anbetracht meiner schmerzenden Wirbelsäule, sollte ich von mir eher als von einem Stock denn von einem Jungtrieb sprechen, aber es ist halt das Absurde einer jeden Lebensdarstellung, daß die Vorstellung von der Wirklichkeit nie der Wirklichkeit gleicht, dafür kann ich nichts. Wenn ich es nicht geschafft habe, ins Leben einzutauchen, dachte ich, vielleicht gelingt es mir, mich in den Tod zu vertiefen. So traten Götz und Meyer in mein Leben. Nebenbei gesagt, trug Götz den Vornamen Wilhelm, und Meyer hieß Erwin. Ich habe sie nie gesehen, außer in meiner Phantasie, was ich auch tue, seit ich zum ersten Mal auf ihre Namen stieß, und was ich weiterhin tun werde bis zu dem Augenblick, da ich zum letzten Mal die Augen schließe – schon immer war ich entsetzt über die Möglichkeit, mit offenen Augen zu sterben – und mich dorthin begebe, wo schon fast alle meine Angehörigen weilen. Mein Dasein war ordentlich und schmerzlos in drei parallele Leben aufgeteilt. Das eine gehörte auch weiterhin nur mir. In diesem Leben stand ich morgens auf, rasierte mich, frühstückte, ging zur Arbeit, kehrte nach Hause zurück, öffnete den Briefkasten, las Zeitungen, aß zu Mittag und zu Abend, sah fern. Das zweite war das Leben der ständigen Verwandlungen. In diesem schlüpfte ich abwechselnd, meistens während ich den Stammbaum betrachtete, den ich wie ein Meisterwerk eingerahmt an die Wand gehängt hatte, in die Rolle eines meiner verschwundenen Verwandten. Manchmal war das eine Frau, manchmal ein kleines Mädchen oder ein kleiner Junge, gelegentlich ein an einen Betstuhl gelehnter Greis, ein von Stoffballen umgebener Handelsgehilfe, ein Bäcker oder ein Apotheker. Das dritte Leben war zweiköpfig: In ihm war ich gleichzeitig Götz und Meyer, der Todesengel und der Lastwagenfahrer, der Soldat und der Privatmensch, der vermeintliche Retter und der wirkliche Täter. Es liegt auf der Hand, daß ich in einem derartigen Durcheinander manchmal nicht mehr wußte, wer ich war. Ich goß ein Glas Wasser ein, trank es aus wie Götz oder Meyer, aber mein Mund blieb trocken wie der der kleinen Estera, nachdem die Hecktür des Saurers hinter ihr zugeschlagen war. Am Abend legte ich mich schlafen als der Bruder meines Vaters, träumte dann aber von einem Dorf in den österreichischen Alpen. Es gab unzählige weitere Beispiele, was aber nicht heißen soll – ich hoffe, keiner kommt auf diese Idee –, daß ich ein Fall für die Psychiatrie geworden wäre. Von außen war mir nichts anzumerken; von innen, wenn so etwas möglich wäre, sah man keine Veränderung, da war immer noch der alte schlaffe Körper, der alte schwankende Geist. Man hätte eher sagen können, wenn ich mir diese Freiheit nehmen darf, ich hielte einen Zauberspiegel in den Händen, der sich von Zeit zu Zeit trübte und dann ein glattes Frauenantlitz oder eine strenge Männergestalt zeigte. Kurzum, ich war ein Abglanz fremder Widerscheine, eine Summe von Ingredienzien, das Ergebnis einer Subtraktion, das Resultat einer Multiplikation, die reinste Mathematik. Weder Götz noch Meyer liebten Mathematik. Sie waren einfache Menschen, die jede Abstraktion verachteten. Was man sieht, das existiert, was man nicht sieht, das gibt es nicht, zumindest solange man es nicht zu Gesicht bekommt. Das Leben ist einfach, und es besteht kein Grund, es wie die Wolle eines aufgeribbelten Pullovers zu verheddern und zu verknoten. Von den beiden konnte man allerhand lernen. Sie wußten zum Beispiel, daß der Durchmesser des beweglichen Auspuffrohrs an ihrem Lastwagen achtundfünfzig bis sechzig Millimeter betrug, genausoviel wie der Durchmesser des Metallrohrs, das an der Öffnung gleichen Ausmaßes am Boden des Hecks fest geschweißt war. Und sie wußten, daß die fünfzehn Kilometer, die sie täglich mit ihrer Ladung zurücklegten, eine unnötig lange Strecke war, denn ihre Last hätte auch schon eher in dem gewünschten Zustand abgeliefert werden können. Aber darauf hatten sie schon keinen Einfluß mehr, und als brave SS-Männer hatten sie gelernt, ihre Kompetenzen nicht zu überschreiten. Wie hat man ihnen das alles beigebracht? Hat man es auf eine Tafel gemalt, gab es Diagramme, Buchstaben und Zeigestöcke, oder wurde ihnen ein Kurzvortrag in einer so bildhaften Sprache gehalten, daß keine optischen Darstellungen mehr nötig waren? Andererseits wußten jene fünf, oder sieben, serbischen Gefangenen von nichts. Wie erstaunt mußten sie gewesen sein, als zum ersten Mal die Hecktür des Götz- und Meyerschen Lastwagens aufging und eine dicke, bläuliche Wolke giftiger Ausdünstungen herausströmte! Sie standen da und starrten diese schwerfällige Wolke an, die träge zum verwaschenen Himmel emporstieg, als sei es ein Akt göttlicher Offenbarung. Die Gefangenen verdrehten die Hälse und verfolgten den Weg der Wolke, wobei ihre Münder immer breiter wurden, wie das bei einfältigen Menschen schon mal geschieht. Wäre damals Götz, oder Meyer, gekommen und hätte Hämoglobin gesagt, hätten sie es für Chinesisch gehalten. Erst dann, als hätte die Wolke sie bis dahin davon abgehalten, fielen die Leichen heraus. Die Gefangenen klappten die Münder zu, dafür fielen ihnen fast die Augen aus dem Kopf, und die Adern an Stirn und Hals schwollen an. Einer hielt sich die Nase zu, ein anderer faßte sich an den Bauch, dem dritten zitterten die Knie, so daß er aus etwas größerer Entfernung wie ein Betrunkener aussah. Hätten damals die deutschen Wachsoldaten sie nicht angebrüllt und ihre Gewehrkolben eingesetzt, wer weiß, wann die serbischen Gefangenen zu sich gekommen wären! Später hatten sie sich dran gewöhnt. Der Mensch gewöhnt sich an alles, gleich ob er ein Barbar oder ein Angehöriger einer höheren Rasse ist. Die serbischen Gefangenen erledigten ihre Arbeit in einer knappen Stunde, habe ich irgendwo gelesen, was sich gut in die grundsätzliche Forderung nach Wirtschaftlichkeit und Effizienz fügte, worauf letzten Endes das gesamte Funktionieren des Deutschen Reiches gründete. Dennoch hat damals Götz, und vermutlich auch Meyer, zum ersten Mal bedauert, an die Schweigepflicht gebunden zu sein und daher diesen Serben keinen kurzen Vortrag über die Vorzüge des Kohlenmonoxyds halten zu dürfen. Dem Kommandanten Andorfer hätte er davon erzählen können, aber der hat sich nie sonderlich dafür interessiert, obwohl fest stand, daß er als ehemaliger Hotelfachmann von Chemie wenig Ahnung hatte. Das Kohlenmonoxyd, hätte Götz, oder Meyer, gesagt, ist ein farbloses Gas ohne Geruch und Geschmack, geringfügig leichter als Luft und entsteht, wenn Kohlenstoff oder Substanzen, die Kohlenstoff enthalten, ohne genügend Sauerstoff verbrennen. Ein gutes Beispiel dafür ist die schnelle Verbrennung des Treibstoffs im Motor des Lastwagens. Das Kohlenmonoxyd kondensiert und wird bei einer Temperatur von Minus 192 Grad Celsius flüssig, es gefriert bei Minus 199 Grad und schmilzt bei Minus 205 Grad Celsius. Es ist giftig für alle Warmbluttiere, zu denen alle Menschen zählen mit Ausnahme der germanischen Rasse und der Japaner. Schon ein Tausendstel Prozent Kohlenmonoxyd in der Luft kann Vergiftungssymptome wie Kopfschmerzen, Übelkeit und Mattigkeit auslösen, und ein Fünftel Prozent führt in weniger als einer halben Stunde zum verhängnisvollen Ende. Das Sterben wird natürlich mit zunehmender Konzentration des Gases beschleunigt, was die Überzeugung von Götz und Meyer eindeutig bestätigt, daß nämlich auch eine kürzere Fahrt genügt hätte. Jetzt kommt der Teil, den Götz, oder Meyer, hätte er darüber reden dürfen, am meisten genossen hätte und der sich mit der Wirkung des Kohlenmonoxyds im Blut der erwähnten Tiere, der Russen, Juden, Homosexuellen und der geistig behinderten Deutschen befaßt, die ja eigentlich keine Deutschen waren, denn ein echter Angehöriger der germanischen Rasse ist sowohl körperlich als auch geistig und sexuell völlig in Ordnung und gesund. Das beste Beispiel dafür sind gerade Götz und Meyer, insbesondere Meyer, wenn nicht auch Götz, der tadellos entwickelte Bizepse, Trizepse und einen ebensolchen Glutaeus maximus hat. Der Mensch braucht Sauerstoff zum Leben, dies werden sogar die serbischen Gefangenen gewußt haben, und den bekommt er durch das Hämoglobin im Blut. Der Sauerstoff aus der Luft dockt am Hämoglobin in den roten Blutkörperchen an und erreicht somit die entlegensten Winkel des menschlichen Körpers. Das Hämoglobin besitzt jedoch den unverhohlenen Drang, sich an das Kohlenmonoxyd zu binden, der sogar zweihundert Mal stärker ist als seine Zuneigung zum Sauerstoff, und wendet sich daher, wenn es die Wahl hat, einer Ehebrecherin gleich sofort dem Kohlenmonoxyd zu. Beide gehen die feste Verbindung Carboxyhämoglobin ein, die sich schnell ausdehnt und dabei die Menge des ehetreuen Hämoglobins verringert, das auch weiterhin dem reinen Sauerstoff entgegeneilt. Ohne den Sauerstoff wird der Puls freilich schwächer, die Atmungsorgane versagen, die Zellen sterben ab, es kommt zum Koma und schließlich zum Tod. Der zerstörte Organismus ist glücklich über das Ende der Qualen, der Tod gereicht ihm eigentlich zum Trost. Da für das Carboxyhämoglobin die Farbe der Sauerkirsche charakteristisch ist – Götz, oder Meyer, schnalzt jedesmal mit der Zunge, wenn er Sauerkirschen erwähnt –, läuft das Erstickungsopfer nicht wie sonst blau an, seine Haut bekommt vielmehr eine rosige Färbung, und seine Lippen färben sich knallrot. Das erklärt, warum die serbischen Gefangenen an Lippenstift dachten, als sie sich über den ersten Haufen Leichen beugten. Bei den Frauen konnten sie es noch verstehen, aber nicht bei den Kindern und Greisen. Allerdings lernt man bei einer Arbeit wie der ihren schnell, keine Fragen zu stellen, vor allem wenn es um Juden geht. Außerdem hätte ihnen weder Götz noch Meyer etwas gesagt, nicht weil sie nichts darüber wußten, sondern weil über Juden keine Worte zu verschwenden waren. Es war schon genug, daß so viel Treibstoff verschwendet wurde. Wenn die Juden den Treibstoff für ihre Beförderung vom Messegelände nach Jajinci selbst hätten bezahlen müssen, hätte mich das nicht überrascht, hatten sie doch alles andere bezahlt, die Lebensmittel, die Medikamente und das Brennholz. In den Belgrader Archiven wird der umfangreiche Briefwechsel der jüdischen Verwaltung und der deutschen Lagerkommandantur mit den zuständigen Ämtern der Stadt über die Beschaffung der Verpflegung, den medizinischen Bedarf und das Lagerinventar aufbewahrt. Am Anfang schrieb ich alle diese Daten eifrig ab, dann aber ließ ich es sein, da ich mich in Tonnen von Lebensmitteln und in Festmetern von Brennholz verlor und entsetzt war über das Übermaß an Bürokratie in einer Zeit, in der das Leben aus den Lagerinsassen heraustropfte wie Wasser aus einem nassen Tuch. Die Einsetzung einer jüdischen Verwaltung war einer jener schlauen Kniffe, mit denen die Nazis die Juden systematisch täuschten, indem sie ihnen einredeten, die Lager seien nur Auffangstationen vor ihrer Übersiedlung in ein unbekanntes Land, in ein großes Getto, das nur ihnen allein gehören werde. War im Lager etwas nicht in Ordnung, so war daran einzig die jüdische Verwaltung schuld. Die

Deutschen waren nur da, um zu helfen und mit Rat beizustehen, ihnen konnte man nichts vorwerfen. Später, als Götz und Meyer gekommen waren und ihr Lastwagen für die Lagerinsassen zu einem Teil des tristen Alltags geworden war, wurden die Mitglieder der Verwaltung und ihre Familien für den letzten Abtransport eingeteilt. Keiner mußte fragen, warum das so war: Schließlich lag es doch auf der Hand, daß die Verwaltung sich bis zum Ende um den Fahrplan der Transporte, die Qualität der Beförderung und die Ernährung derer kümmern mußte, die darauf warteten, an die Reihe zu kommen. Die gleiche Reihenfolge der Dinge hätte es auch in der Welt außerhalb des Lagers gegeben, und solange das Leben im Lager, wenn auch in reduziertem Maße, an das Leben woanders erinnerte, war damit zu rechnen, daß die Lagerinsassen ruhig und geduldig ihr Schicksal erwarten würden. Wirklich rührend, diese Sorge der deutschen Behörden um das Wohlbefinden der Gefangenen, das habe ich wohl schon einmal gesagt. Aber auf dem Messegelände trug sie Früchte. Keiner der gefangenen Juden versuchte zu flüchten, auch dann nicht, als der Trick offensichtlich wurde und die Selbsttäuschung eine ungleich größere Willenskraft erforderte. In den ersten drei Monaten, als im Lager Hunger herrschte, sind nach Zeugenaussagen nur einige kühne Jungen unter dem Stacheldrahtzaun hindurchgekrochen und nach Zemun gegangen, wo sie um Essen bettelten. Sie wußten, sie hatten, falls man sie bei ihrer Rückkehr geschnappt hätte, mit grausamer Prügel zu rechnen, aber der Hunger war stärker. Der Hunger ist immer stärker, wage ich zu behaupten, obwohl ich mit dem Hungern keine Erfahrung habe abgesehen vom Fasten zu Jom Kippur, das ich in den letzten zwanzig Jahren hartnäckig einhalte, ich weiß selbst nicht, warum. Götz und Meyer wußten nicht viel vom Hungern, genausowenig wie von Jom Kippur. Ich vermute sogar, sie hatten, bevor sie ihren Sonderauftrag begannen, nie Juden gesehen, um so eher, wenn sie aus einem kleinen österreichischen oder deutschen Ort kamen. Außerdem vermute ich, daß unter denen, die durch den Stacheldrahtzaun hinaus gelangten, keiner meiner zwölf jungen Verwandten war, da ich nie genügend Kraft für ein solches Unterfangen aufgebracht hätte und wegen der Ängstlichkeit meines Vaters und der Schüchternheit meiner Mutter zu der Annahme neige, daß dies Charaktereigenschaften waren, die sich in unseren Familien konsequent vererbten. Einige Menschen gehen immer ihrem Schicksal entgegen; andere, wie meine Eltern, warten darauf, daß das Schicksal sie holen kommt. Es wäre bestimmt nicht richtig, daraus den Schluß zu ziehen, daß die ersteren besser seien als die letzteren, weil am Ende nur das Schicksal zählt und nicht die Umstände, die zu ihm geführt haben. Man sollte auch nicht denken, ich sei mit mir unzufrieden, obschon ich mich gelegentlich bei dem Gedanken ertappe, manches hätte sich vielleicht anders abgespielt, wenn zu unserer Familie mehr risikobereite beziehungsweise mehr Menschen der ersten Gruppe gehört hätten. Die Abreise meiner Mutter ins Dorf mit mir auf dem Arm könnte man als riskant deuten, doch wie ich später bei einer ganz zufälligen Begegnung in den Räumen des Museums für jüdische Geschichte erfuhr, hatte sie sich nur deshalb dazu entschlossen, weil sie die Bitte ihrer besten

Freundin, ebenfalls einer Jüdin und Mutter zweier Kinder, sich ihr anzuschließen, nicht abschlagen konnte. Es würde nicht lange dauern, versicherte die Freundin, nur noch einige Monate, dann sei alles vorbei. Sie blieben, wir blieben über drei Jahre in diesem Dorf, begleitet vom ununterbrochenen Gejammer meiner Mutter, in Belgrad hätte sie es, hätten wir es besser. Das hörte selbst dann nicht auf, als ihr die Gerüchte von einem Lager auf dem Messegelände zu Ohren gekommen waren. Das war dann allerdings schon nicht mehr das Judenlager Semlin, sondern das Auffanglager Semlin, in dem es keine Juden mehr gab. Auch Götz und Meyer waren mit ihrem kaputten Lastwagen schon längst nach Berlin zurückgekehrt. Zu welcher Gruppe mögen sie gehört haben: zu den das Schicksal Suchenden oder zu denen, die auf der Stelle tretend und das Gewicht von einem Bein auf das andere verlagernd das Schicksal geduldig abwarten? Für mich ist jeder Fahrer ein Suchender, wenn nicht sogar ein Herausforderer seines Schicksals, darum habe ich nie den Führerschein gemacht, aber das kann in Kriegszeiten keinesfalls als Maßstab gelten. Ich muß fair sein zu Götz und Meyer, dachte ich oft, nicht nur wegen ihrer behutsamen Fahrweise nach Jajinci, sondern einfach so. Auch sie hatten ein Recht auf Irrtümer und Selbsttäuschungen genau wie die jüdischen Lagerinsassen, das konnte ich nicht von der Hand weisen. Aber ich brauchte mir nur vorzustellen, wie sich einer von ihnen bückte, um das Auspuffrohr des Lastwagens umzustecken, und schon zerbrach in mir alles in tausend Stücke. In dem Augenblick lebte ihre Ladung noch, die Fahrt hatte gerade erst begonnen, und dieser kurze Halt hatte bei den Juden keinerlei Zweifel geweckt. Es störte sie eher, daß sie im Dunklen fuhren und daß es nicht mehr Platz gab, um es sich gemütlich zu machen. Sie ertasteten die Aluminiumbeschläge an den Wänden und das Holzgitter auf dem Boden, berührten einander und dankten Gott, nicht blind zu sein, denn wie schrecklich ist es doch, in ewiger Dunkelheit zu leben. Dann fuhr der Lastwagen nach einem kurzen Ruck wieder an, sie hörten den Motor gutmütig brummen, sie konnten sogar den Treibstoff riechen, Hauptsache, es ging weiter, Hauptsache, nie wieder zu jener Kälte und jenem Hunger zurück müssen. Wäre es möglich gewesen, hätten sie bestimmt Götz und Meyer zugerufen, sie sollten schneller fahren, möglichst weit weg und auf ihre Übelkeit keine Rücksicht nehmen und auch nicht auf die leichten Kopfschmerzen, die wohl vom Schütteln und vom Luftmangel kamen, das sind ja nur kleine Unannehmlichkeiten im Vergleich zu jenen, die sie hinter sich gelassen hatten. Sie ahnten ja nicht, wie viel ferner und fadenscheiniger als alles, was sie sich vorstellten, diese Ferne sein würde. Derweil fuhren Götz und Meyer weiter, sie pfiffen, erzählten sich Witze. Jede Arbeit, deren Ablauf streng geregelt ist, wird am Ende langweilig. Beim ersten Mal ist sie interessant, das zweite Mal bestätigt das nur, beim fünften Mal ruft sie schon einen Seufzer hervor, nach dem zehnten Mal wird sie zur Routine, und beim fünfzehnten Mal erklärt Götz, oder Meyer, er könne mit verbundenen Augen nach Jajinci fahren. Meyer, oder Götz, derjenige, der es nie an Behutsamkeit vermissen läßt, meint, man solle besser mit offenen Augen fahren, es genüge, daß eine Katze, es müsse nicht einmal eine schwarze sein, ihnen über den Weg laufe, und alles bekomme eine neue Dimension, eine neue Bedeutung. Götz, oder Meyer, winkt daraufhin ab. Keine Katze, sagt er, könne den Siegeszug des Deutschen Reiches aufhalten, nicht einmal in einem so wilden Land wie Serbien, wo sogar die Katzen kratzbürstiger seien als daheim. Danach schweigen sie. Beide denken an Katzen, die sie einmal kannten: Götz, oder Meyer, an den Siamkater, den seine unverheiratete Tante jeden Tag kämmte und mit allerlei Leckereien fütterte, und Meyer, oder Götz, an die getigerte Herumtreiberin, die oft in ihren Hof kam und der er mit einer Steinschleuder das linke Auge ausgeschossen hatte. Dann versinkt er wieder in seine Träumereien vom Fliegen mit einem Kampfflugzeug. Es ist häßlich von ihm, aber gelegentlich wünscht er, sein Beifahrer möge erkranken, nicht an etwas Schlimmem: Eine etwas stärkere Erkältung und ein heftiger Schnupfen genügten, nur soviel, daß er eines Tages allein im Lastwagen sitzen und bei selbstverständlich offenem Fenster die Pilotenmütze aufsetzen könnte. Das ist aber nie vorgekommen, und wenn doch, so gibt es davon keine schriftlichen Spuren. Gesunde Kerle waren das, hart und eisern wie alle echten SS-Männer, nicht wie diese Nieten hinter ihnen, an denen jeder Dreck klebenblieb wie die Fliegen am Leim. Wieviel Zeit bedurfte es, damit die Konzentration des Kohlenmonoxyds im Heck des Lastwagens jenes nötige Fünftel eines Prozents überstieg? Und hat dabei der Durchmesser des Auspuffrohrs – nicht kleiner als achtundfünfzig und nicht größer als sechzig Millimeter – eine Rolle gespielt? Was, wenn er größer, was, wenn er kleiner gewesen wäre? Mit solchen Fragen zermartere ich mir den Kopf, seit ich fünfzig bin. Ich fülle ganze Seiten mit Zahlen und Daten, die ich aus Büchern und von morschen Blättern in den Archivkellern abschreibe, obwohl ich meistens nicht weiß, was ich damit anfangen soll. So wurden zum Beispiel laut Bericht des kommissarischen Leiters der Abteilung Sozialfürsorge des Sozialamts der Stadt Belgrad vom 17. April 1942 an die Juden im Lager auf dem Messegelände genau 1.341.950 Mahlzeiten ausgeteilt. Wodurch soll ich das dividieren? Wenn ich davon ausgehe, daß sich im Lager im Durchschnitt fünfeinhalbtausend Juden befanden und das Essen nicht gleich am ersten Tag ihres Aufenthalts geliefert wurde, komme ich zu dem Ergebnis, daß jeder von ihnen fast zwei, genauer 1,96 Mahlzeiten pro Tag bekommen hat. Wenn man aber weiß, daß die Anzahl der gelieferten Mahlzeiten aus der insgesamt gelieferten Menge der verschiedenen Lebensmittel errechnet wurde, von denen ein großer Teil nicht mehr genießbar war, dann kommt man auf eine andere Zahl, und zwar auf etwa 1,3 Mahlzeiten pro Tag. Die Angabe, daß das Essen im Lager mit Kellen von unterschiedlichem Fassungsvermögen ausgeteilt wurde, die nur zum Teil der Norm von vier Dezilitern entsprachen, sowie die Tatsache, daß die Zahl der Lagerinsassen im Laufe des Monats April rasend schnell kleiner wurde, führen jedoch dazu, daß diese Rechnerei, zumindest für mich als Lehrer der serbokroatischen Sprache und der Literatur der jugoslawischen Völker, die Sphären der höheren Mathematik erreicht. Kein Wunder also, daß ich nächtelang nicht schlafen kann und morgens beim Einkaufen, im Lebensmittelgeschäft die Brotlaibe in einem Korb zähle, die so gewonnene Zahl mit der Zahl der Körbe und danach mit dem durchschnittlichen Gewicht eines Brotlaibs multipliziere und schließlich alles durch hundertfünfzig Gramm dividiere, die Ration, die nach Zeugenberichten den Gefangenen auf dem Messegelände täglich zugeteilt wurde. Erschöpft von dieser Rechnerei, träumte ich eines Nachts von Götz, oder Meyer. Wir, er und ich, saßen im Cockpit eines Kampfflugzeugs, dicht nebeneinander auf dem Pilotensitz. Er erklärte mir auf Serbisch – allerdings mit starkem deutschem Akzent – alles über die Bomben und Maschinengewehrgeschosse, über den Treibstoffverbrauch und die Fluggeschwindigkeit. Am Ende wandte er sich mir zu und sagte, er habe dreihundertsiebenundzwanzig Schokoladebonbons verteilt. In meinem Traum wie auch, wenn ich wach war, hatte er kein Gesicht. Die Ohrenklappen und die Riemen seiner Pilotenmütze umrahmten ein längliches weißes Oval, nur seine Lippen waren grellrot, als hätte er dick Lippenstift aufgetragen. Ich beugte mich vor, schaute aus dem Fenster und sah unten ganz deutlich den Bauplan der Belgrader Messe, genauso wie sie 1936 die Architekten Milivoje Tričković, Rajko Tatić und Djordje Lukić konzipiert hatten. Und nun schauen wir uns das Ganze von nahem an, sagte Götz, oder Meyer. Das Flugzeug stürzte mit einem schrillen Pfeifton hinab, direkt auf den Entwurf des Zentralturms zu – mit einem Schrei wachte ich auf. Ich lag im Dunkeln und wagte nicht zu atmen. War ich vorhin noch im Flugzeug, so konnte ich jetzt im Heck des Saurers sein, und je länger ich nicht atmete, um so länger würde ich meine Seele bei mir behalten.

Wie lange hält es ein Mensch aus, ohne zu atmen? Eine halbe Minute, eine Minute, zwei Minuten? Ich zählte im Geiste bis achtunddreißig und spürte, wie meine Lunge zerbarst. Ich riß den Mund auf und sog gierig die Luft ein. In der Wohnung über mir hörte ich leise Schritte, und ich wußte, dies war meine Seele, die nur mit einem Kleidchen aus zartem Licht bedeckt langsam auf einem Weg schritt, den ich erst noch entdecken sollte. Götz und Meyer hätten, wie schon einmal angemerkt, dieses ständige Erwähnen der Seele nicht gutgeheißen. Ihrer Ansicht nach ist der Mensch ein Sack, und wenn der ausgeleert wird, ist alles zu Ende. Es bleibt nur ein Lumpen zurück, und Lumpen sind nichts wert. Manchmal, wenn die beiden im Hof des Polizeigebäudes den Lastwagen säuberten, fanden sie kleine Dinge: einen Kinderschuh, einen Kamm, ein verwackeltes Foto, eine Brotkruste, ein Taschentuch, eine Nagelfeile, eine Brosche. Götz, oder Meyer, packte das in eine Papiertüte; Meyer, oder Götz, wollte es nicht einmal anrühren. Nichts ist trauriger als ein Gegenstand ohne Besitzer. Das wußte er genauso, wie er wußte, daß er nicht zum Trauern da war. Diese Epoche des Deutschen Reichs ist eine Epoche der Freude, kein Gegenstand kann und darf sie schmälern. Wie alt waren Götz und Meyer? Eine weitere Frage, auf die ich keine Antwort habe. Wenn einer meiner Schüler auf eine gestellte Frage keine Antwort weiß, zum Beispiel auf die Frage nach der Struktur des Sonettenkranzes, zögere ich nicht, ihm zunächst in meinem Heft und danach im Klassenbuch eine schlechte Note einzutragen. Würde ich dieselben Maßstäbe bei mir anlegen, wäre ich schon längst sitzengeblieben. So ist das mit der Historie, sagte mir die Frau, von der ich die Geschichte meiner Mutter erfuhr. Sie verglich die Historie mit einem großen Kreuzworträtsel. Auf jedes ausgefüllte Quadrat kämen drei leere, sagte sie, und selbst wenn es gelänge, sie auszufüllen, öffneten sich gleich neue, noch leerere. Das Wissen würde nie die Größe des Unwissens erreichen. Mir schien, ich hätte das schon irgendwo gelesen, aber ich hatte keine Kraft mehr, neue leere Quadrate in mir zu öffnen. Das sagte ich auch der Frau, die mir gegenüber saß und in deren Brillengläsern ich mein verstörtes Gesicht sah. Sie schüttelte traurig den Kopf. Es ist schrecklich, sagte sie, in der Historie, und noch schrecklicher, außerhalb derselben zu leben. Hätte sie mir die Lösung meines Kreuzworträtsels verraten, wäre ich nicht verblüffter gewesen. Ich sah das Gesicht, genauer die zwei gleichen Gesichter in ihrer Brille zwinkern und sich die Lippen lecken, unfähig irgend etwas zu antworten. Am Ende stammelte ich, das erinnere mich an das Märchen vom Dunklen Reich. Die Historie sei ja auch ein Dunkles Reich, sagte die Frau lächelnd, egal, ob du sie betrittst oder nicht, in jedem Fall bereust du es. Ich schwieg. Weder Götz noch Meyer hätte mir aus dieser Patsche helfen können. Eine Weile wühlte ich noch in dem Karton mit den Dokumenten herum, als läse ich Reis für den Pilaw aus, dann schlich ich hinaus aus Angst, daß ich mich sonst völlig in den Brillengläsern verlieren würde. Ich lief die Straße des Siebten Juli hinunter, die Tasche mit den Papieren und den Büchern fest unter den Arm geklemmt, und bog in die Gospodar-Jovanova-Straße ein. Laut verschiedenen Akten wohnten hier einst, zusammen mit ihren Familien, sogar vier meiner Verwandten. Unter ihnen befand sich auch der besagte Chaim, der sich später auf wundersame Weise in Benko verwandelte, der einzige, bei dem ich hinsichtlich des Zeitpunktes seines Todes sicher war. Genauer gesagt, ich konnte seinen Sterbetag auf die vier oder fünf Tage eingrenzen, an denen die Ärzte und Patienten des Jüdischen Krankenhauses in der Visokog-Stevana-Straße liquidiert wurden. Das ist ein ziemlich genauer Orientierungspunkt verglichen mit den etwa fünfzig Tagen, die der Abtransport aus dem Lager auf dem Messegelände dauerte. Als am 8. Dezember 1941 die Verlegung der restlichen Belgrader Juden in das Lager begann, blieben das Personal und die Patienten des Jüdischen Krankenhauses verschont. Es scheint – dies ist ein unpassender Ausdruck, wenn von der Historie die Rede ist, das ist mir schon klar, aber er ergibt sich aus den leeren Quadraten des Kreuzworträtsels –, es scheint also, daß die Absicht bestand, das gesamte Krankenhaus zu einem späteren Zeitpunkt in den Pavillon der Nikola-Spasić-Stiftung zu verlegen. Die Verlegung wurde jedoch nie verwirklicht, obwohl ein Teil des Krankenhausinventars in der in diesem Pavillon eingerichteten Lagerambulanz untergebracht wurde. Dem medizinischen Personal blieb so wenigstens zunächst der Schrecken des echten Lagers erspart. Das Jüdische Krankenhaus war im Frühsommer 1941 eröffnet worden und füllte sich im Laufe der Wintermonate zunehmend mit Kranken aus dem Lager, so daß sich dort am 19. März 1942, als der Götz- und Meyersche Lastwagen wie eine breite Arche am Krankenhaus anlegte, etwa fünfhundert Patienten befanden. Einen Tag zuvor wurden alle jüdischen Ärzte und das übrige Personal samt Familien verhaftet und ebenfalls im Krankenhaus untergebracht, das somit nun über siebenhundert Seelen beherbergte. Am 22., vielleicht aber auch am 23. März war das Krankenhaus leer, und die Seelen flatterten am weiten Himmel über Jajinci. Es gibt die Vermutung – schon wieder ein unpassendes Wort für die Historie –, daß dies eine Art Probelauf war für die viel größere und viel ernster zu nehmende Arbeit auf dem Messegelände, und fest steht, daß Götz und Meyer ihre Aufgabe zufriedenstellend erledigt haben und Schäfer, Andorfer, Enge und viele andere führende Leute aufatmen, ja sogar einander auf die Schulter klopfen konnten. Götz und Meyer waren vermutlich zwei oder drei Tage zuvor in Belgrad eingetroffen und hatten daher keine Gelegenheit gehabt, sich die Stadt anzusehen, was sie später sicherlich nachgeholt haben, meist aus dem fahrenden Lastwagen heraus, aber auch auf kurzen Spaziergängen, die meist Götz unternahm, obschon es auch Meyer sein konnte. Meyer, oder Götz, zog es vor, in seiner Freizeit zu schlafen, und er beklagte sich nie, daß ihn Träume beunruhigten. Dasselbe kann man von Götz, oder Meyer, nicht sagen, der nachts häufig, hin und wieder mit einem lauten Schrei, aufwachte und hinausging, um frische Luft zu schnappen und damit etwas gegen seinen leichten und unruhigen Schlaf zu tun. Ich bezweifele, daß dabei sein Gewissen eine Rolle gespielt hat. Eher bin ich geneigt, alles seiner schlechten Verdauung zuzuschreiben. Dies hätte auch Chaim, der Arzt, dem Götz, oder Meyer, bestätigen können, wäre es bei jenem Gewühl, das bei dem Verladen vor dem Jüdischen Krankenhaus herrschte, möglich gewesen, ihn danach zu fragen. Keine Spur eines derartigen Durcheinanders war einige Tage später zu merken, als derselbe Lastwagen auf das Messegelände fuhr. Dort herrschte Ruhe, ja sogar eine Begeisterung über die nun mögliche Abreise, was Götz und Meyer gewiß angenehm war, daraus machten sie keinen Hehl. Jeder ist glücklich, wenn er an seinem Arbeitsplatz geschätzt wird, warum also nicht auch Götz und Meyer? Meyer hat mir sogar gesagt, daß er Herzflimmern verspürte und daß ihn, sooft er daran dachte, ein Glücksgefühl erfaßte. So weit ist es bereits: Ich stelle mir schon vor, mit Personen zu reden, deren Gesichter ich nicht kenne. Früher oder später mußte es ja dazu kommen. Auch die Gesichter der meisten meiner Verwandten kenne ich nicht besonders gut, aber ihre Züge kann ich wenigstens in meinem Spiegelbild suchen. Im Falle von Götz und Meyer hatte ich jedoch keinen Anhaltspunkt. Jeder hätte Götz sein können. Jeder hätte Meyer sein können. Andererseits waren Götz und Meyer nur Götz und Meyer und niemand sonst. Kein Wunder also, daß ich ständig das Gefühl hatte, den Halt zu verlieren. Die Leere, die Götz und Meyer darstellten, stand im krassen Widerspruch zu der Vielgestaltigkeit meiner Verwandtschaft, wenn schon nicht was ihr tatsächliches Wesen betrifft, dann wenigstens ihren Tod. Deshalb machte es jeder meiner Versuche, zu der Fülle durchzudringen, nötig, zunächst die Leere zu überwinden. Um wirkliche Menschen, wie es meine Verwandte waren, zu erfassen, mußte ich zunächst unwirkliche Menschen wie Götz und Meyer begreifen. Nicht begreifen, erschaffen. Manchmal mußte ich einfach selbst Götz oder Meyer sein, um zu erfahren, was

Götz, oder Meyer, eigentlich ich, von dem hielt, wonach ihn Meyer, oder Götz, das heißt auch mich, fragen wollte. Götz, der nicht Götz war, sprach mit Meyer, der nicht Meyer war. Meine Hände zittern ein wenig, während ich über all dies nachdenke. Nichts ist leichter, als sich im Labyrinth eines fremden Bewußtseins zu verirren. Es ist viel schwieriger, Herr über das eigene als über das fremde Schicksal zu sein. Morgens, während ich mich anzog, war ich sowohl Götz als auch Meyer. Ich ließ mich dabei nicht von Kleinigkeiten in die Irre führen, zum Beispiel von der Frage, ob die deutschen Soldaten kurzärmelige Unterhemden trugen oder ob sie eine Plakette mit ihren wichtigsten Daten an einer Kette um den Hals hängen hatten. Ich trage immer ärmellose Turnhemden, die unter der Achsel tief ausgeschnitten sind, was wegen meiner starken Neigung zum Schwitzen nötig ist, und nichts kann mich davon abhalten. Es geht aber um etwas anderes. Ich sah mich zum Beispiel im Spiegel an und sagte zu mir: Heute rasiert sich Götz, oder: Jetzt kämmt sich Meyer, und danach fragte Götz den Meyer, was es zum Frühstück gäbe. Einmal war ich als Götz schlecht gelaunt aufgestanden und antwortete auf diese Frage von Meyer verärgert: Bananen. Mein Gott, hat Meyer gelacht!
Das Rasiermesser hüpfte nur so in seiner Hand! Später, als er den Rasierschaum abgespült hatte, entdeckte er eine kleine Schnittwunde an seiner linken Wange, aber das weckte bei ihm nur die Erinnerung an die Antwort von Götz, so daß er wieder in lautes Lachen ausbrach. Götz sagte nichts dazu, er war schon in der Küche, wo er mir beim Kaffeekochen zusah. Der Götz ist ein Schlaukopf, er vergaloppiert

sich nie. Während die beiden nach Belgrad fuhren, hat er, obwohl das auch Meyer sein konnte, bei keiner Gelegenheit den Meyer, der vielleicht auch Götz war, wegen seiner zu schnellen Fahrweise gerügt. Es ist zwar wichtig, mit Staatseigentum, das einem anvertraut wurde, sorgsam umzugehen, aber noch wichtiger ist es, für ein gutes Verhältnis zu Arbeitskollegen zu sorgen, denn davon hängt mehr als von allem anderen die erfolgreiche Erledigung einer Aufgabe ab. Da ich schon vom Galoppieren sprach, muß ich anmerken, daß Götz und Meyer ihren Saurer so pflegten, als gehörte er einer seltenen Pferderasse an: Sie striegelten ihn, putzten und wuschen ihn, wechselten die Reifen, als wären es Hufeisen, tränkten ihn mit dem besten Treibstoff, und wäre es möglich gewesen, ihn mit Würfelzucker zu füttern, hätten sie bestimmt auch das getan. Deshalb darf man es ihnen nicht verübeln, daß sie bedrückt waren, als an dem Saurer die Hinterachse brach. Götz und Meyer sind ja auch nur Menschen.

Der Frau im Jüdischen Geschichtsmuseum gefiel das offensichtlich nicht. Sie schwieg so lange und schaute mir dabei in die Augen, daß ich dachte, sie habe nichts gehört, und den Satz wiederholte. Natürlich, sagte sie, daran ist nicht zu zweifeln, aber was für Menschen? Es ist unglaublich, wie fähig andere sind, das Wesentliche zu erfassen, das einem selbst entgeht. In der Tat, was für Menschen waren Götz und Meyer? Was für ein Mensch ist einer, der wie die beiden bereit ist, einen Auftrag zu übernehmen, der die Tötung von fünf-, sechstausend Seelen bedeutet? Mir fällt schwer, einem Schüler eine schlechte Note am Ende des Halbjahrs, geschweige denn am Ende des

Schuljahres zu geben, aber mein Dilemma ist lächerlich im Vergleich zu jenem, in dem Götz und Meyer gesteckt haben. Aber was, wenn sie gar nicht das Gefühl hatten, in einem Dilemma zu stecken? Ich konnte noch so lange in den Spiegel glotzen und mit meinen Zügen die Leere ihrer Gesichter füllen, ich bekam keine Antwort. Ich ging zum Stammbaum, der wie eine abstrakte Zeichnung gerahmt an der Wand hing. Wie immer verspürte ich nur einen Schmerz, einen dumpfen Schmerz. Ich begann nach Luft zu schnappen, öffnete den Mund wie ein Karpfen auf dem Trockenen und konnte nichts anderes tun als hinauslaufen, obwohl auch solche Ausflüge damit endeten, daß ich vor einem der Häuser stand, in denen einst meine Verwandten gewohnt hatten, oder daß ich mich auf dem Messegelände wiederfand, wo ich versuchte, mir das Eis vorzustellen. Jener Winter, der das Jahr 1941 mit 1942 verband, war so kalt, daß es kein Wunder ist, wenn manche Lagerinsassen offen meinten, sie seien von allen verlassen, auch von Gott. Man konnte noch so viele Kleidungsstücke übereinander ziehen, der Mantel oder der Umhang konnte noch so dick sein, die Kälte drang in den Körper und fand den Weg zum Herzen. Und wenn das Herz kalt ist, kann kein Feuer einen wärmen. Das Feuer, das in den Öfen der Messepavillons brannte, konnte nicht einmal die Körper wärmen, von den Herzen ganz zu schweigen. Vergebens schickte die Lagerverwaltung Briefe an die Stadt Belgrad und bat um größere Mengen Brennholz und einmal auch um zehn Keile zum Zerteilen von Wurzelstöcken. Man weiß, was ein knorriger Wurzelstock ist, da kapitulieren die Hände richtiger Holzfäller, da zerbrechen

Sägezähne, da wird jede Axt stumpf. Kinder winselten, Greisinnen starben, den Frauen, die Zwangsarbeit leisteten, fielen Haut und Fleischstücke von den Handrücken ab, es genügte, sich zu stoßen, berichtete ein Zeuge, und schon bildete sich an der Stelle eine Frostbeule. Ich war schon immer ein verfrorener Mensch, und bei dem bloßen Gedanken daran klapperte ich mit den Zähnen, nicht einmal Tee konnte mich aufwärmen. Noch heute zum Beispiel spüre ich Stiche an dem Ohr, das mir vor vielen Jahren als kleiner Junge im Tara-Gebirge erfror. Es ist das linke Ohr, dessen Läppchen ich oft streichele, während ich im Unterricht neuen Stoff durchnehme. Vor etwa zehn Jahren wurde im Fernsehen eine Krimikomödie ausgestrahlt, in der Freimaurer vorkamen, die sich zur Erkennung – zumindest in dieser Serie – immer an das linke Ohrläppchen faßten. Seitdem werde ich von meinen Schülern Mason genannt. Ob Götz und Meyer Spitznamen hatten? Würde sich etwas ändern, wenn ich erführe, daß ihre Ehefrauen, so sie welche hatten, ihnen verschiedene Kosenamen gegeben hatten, etwa Katerchen oder Mausi? Nebenbei gesagt fand ich auf einer Liste Belgrader Freimaurer sogar die Namen dreier meiner Verwandten, zwei von Vaters Seite und einen von der Seite meiner Mutter. Es gibt in der Tat heimliche Zusammenhänge, aber sie kommen immer ans Tageslicht, man muß nur Geduld haben. Dazu zähle ich auch das erfrorene Ohr, aber auch die Tatsache, daß ich, ebenfalls als kleiner Junge, gerne hinter Autos stand und ihre, wie ich jetzt weiß, giftigen Ausdünstungen einatmete. In kleinen Mengen verursacht Kohlenmonoxyd ein leichtes Schwindelgefühl, und ich fand in dieser Benommenheit wohl Freude oder Trost in einer Welt, die mir schon damals übertrieben selbstbewußt, streng und starr vorkam. Dabei meine ich natürlich die Gegenstände, die die Welt ausmachen, nicht die Politik, das möchte ich hier gleich klarstellen. Damals wußte ich nichts von Politik, übrigens auch nichts von Gaslastwagen, und als ich zum ersten Mal auf das Wort »Seelenwürger« stieß, dachte ich an eine mythische Gestalt, an ein Wesen, das sich damit vergnügte, geschundenen Seelen die Lebensfedern zu rupfen, so wie es früher die Frauen mit geschlachteten Hühnern taten. Man kann sagen, daß ich in gewisser Hinsicht recht hatte, nur daß in den Seelenwürgern die Seelen sich selbst die Federn rupften in dem Wunsch, sich möglichst schnell von jedem Ballast zu befreien und sich hoch, ganz hoch hinaufzuschwingen, dorthin, wo die Luft noch rein war. In einer Enzyklopädie fand ich eine Karte mit den Ortschaften, in denen die SS-Einheiten Gaslastwagen eingesetzt hatten. Die meisten lagen auf dem Gebiet der Sowjetunion, ein Dutzend im Reichsgebiet, und nur in einem Fall störten die Punkte das Gleichgewicht, weil sie nach Süden, bis Belgrad, und bis zum Messegelände hinunterrutschten. Siebenhunderttausend Menschen, so stand in der Enzyklopädie, wurden in diesen Fahrzeugen getötet, was bedeutet, daß bei etwa dreißig Gaslastwagen – ich fange schon wieder an zu rechnen – in jedem von ihnen durchschnittlich etwa zwanzigtausend Menschen erstickt sind. Die Rechnung ist ungenau, weil sie die unterschiedlichen Leistungen der beiden Modelle, Saurer und Daimond, nicht berücksichtigt, aber das auszurechnen war ich schon nicht mehr in der Lage. Wäre ich in Mathematik besser gewesen, würde ich jetzt nicht Literatur unterrichten, bei der im Unterschied zur echten Wissenschaft jede Auslegung den gleichen Wert hat und eine größere Genauigkeit die Qualität mindert, beziehungsweise ein Werk schwächt. Wenn ein literarisches Werk nicht ständig in Bewegung begriffen ist, sagte ich zu meinen Schülern, so ist es kein Werk, sondern ein geistiger Blindgänger. Die Schüler nickten, ihre Bleistifte glitten über die breitlinierten Hefte, ihre Lippen wiederholten stumm den soeben ausgesprochenen Gedanken. Die ersten Gaslastwagen wurden im November 1941 in der Ukraine eingesetzt, später gab es sie überall: von Leningrad bis Sewastopol, von Berlin bis Maidanek, von Lemberg bis Pjatigorsk, von Danzig bis Wien. Im Vergleich zu diesen riesengroßen Entfernungen mutet die Entsendung von Götz und Meyer nach Belgrad wie ein etwas überflüssiger oder nicht gut durchdachter Schulausflug an, vor allem wenn man den geringen Arbeitsaufwand und das Abweichen von der Hauptmarschrichtung bedenkt. Aber manche Dinge sind wohl nur deshalb logisch, weil sie sich jeder anderen Logik entziehen, oder? Richtig, auch Götz und Meyer sind nur logisch, weil sie sich jeder Logik entziehen, würde vermutlich die Frau aus dem Jüdischen Geschichtsmuseum sagen, ob mit oder ohne Brille, egal. Ich komme mir vor wie jener alte Prager Rabbiner, der aus Ton eine menschliche Gestalt gemacht und ihr Leben eingehaucht hat, mit dem Unterschied, daß ich versuche, Götz und Meyer aus luftigen Erinnerungen, aus einem unzuverlässigen Gedächtnis und aus morschen Archivdokumenten zu erschaffen. Es ist bekannt, wie der Versuch des Rabbis endete:

Das tönerne Wesen rebellierte gegen seinen Schöpfer, und der Rabbiner stellte sich mit Mühe auf die Zehenspitzen, um von dessen Stirn einen Buchstaben wegzuwischen und das Wort »Leben« in »Tod« zu verwandeln. Ist es das, was ich will: Götz und Meyer zu den Schatten zurückführen, die jetzt das einstige Lager auf dem Messegelände bewohnen, ihnen das Leben schenken, um ihnen daraufhin, möglichst schnell, den Tod zu bescheren? Die Moral der Prager Geschichte ist indes klar: Niemand darf sich als Gott gebärden, weder ein Rabbiner noch ein Schriftsteller, noch ein Erzähler; die Wörter, so mächtig sie auch sind, können nie die Stille der göttlichen Schöpfung ersetzen. Und selbst wenn ich mich ihnen hätte widersetzen wollen, was hätte ich tun können, wenn Götz und Meyer, von dem neuen Leben berauscht, einfach ihre alte Arbeit weitergemacht hätten? In Belgrad gibt es nicht mehr allzu viele Juden, aber nicht die Zahl ist wichtig, sondern die Überzeugung. Da gäbe es schon Arbeit genug. Hätte ich dann vielleicht auch ihre Stirn, die Stirn von Götz und Meyer, erreicht, und was hätte ich von ihr gewischt: Falten, Schweißperlen, Haarsträhnen, die ihnen den Blick versperrten? Ich bin ein Mensch, der sich leicht ekelt, deshalb müßte ich dafür zum Taschentuch greifen. Welche Verachtung würde das bei Götz und Meyer auslösen! Ich würde zur Zielscheibe des Spotts werden, man würde sich in Kasernen und auf Schießständen über mich lustig machen. Götz, oder vielleicht Meyer, würde in der Offizierskantine womöglich des öfteren meine Bewegung nachahmen und sich dabei mit einer gefalteten Serviette die Stirn betupfen, als tauchte er sie in eine Puderdose. Hoffentlich denkt keiner, ich sei verrückt, obwohl es mir selbst nicht leichtfällt, mich vom Gegenteil zu überzeugen. Manchmal verstumme ich mitten im Unterricht, starre auf die Spitze meines Füllfederhalters oder auf ein Muster an der schmutzigen Fensterscheibe, greife nicht einmal zum linken Ohrläppchen. Wenn ich dann wieder zu mir komme, sehe ich zweiunddreißig Augenpaare mich anglotzen, ohne mit der Wimper zu zucken. Wie kann ich ihnen erklären, daß ich das lebende Beispiel von literarischen Parallelwelten, der Held eines ungeschriebenen Buches bin? Wie soll ich ihnen klarmachen, daß ich aus einer Fülle leerer Quadrate bestehe, in die niemals ein Wort eingetragen wird? Wie soll ich ihnen deutlich machen, daß mein Leben mit jedem Tag hohler wird und daß ich eines Tages, vielleicht direkt vor ihren Augen, wie ein Luftballon aufsteigen und an der Zimmerdecke hängenbleiben werde? Meine Schüler haben ein gutes Herz, sie würden sich sofort beeilen, die Fenster zu schließen. Dabei reiße ich sie immer wieder auf. Ich laufe zu dem gerahmten, an der Wand aufgehängten Stammbaum, betrachte ihn, als sähe ich ihn zum ersten Mal, steige von Ast zu Ast, hüpfe durch die Baumkrone, spüre, wie mich alle diese jungen und alten Toten füllen, wie ich an ihnen ersticke, wie sie kleinen Wespen gleich über das Hämoglobin in meinem Blut herfallen. Dann renne ich zum Fenster, öffne es in der Hoffnung, den Prozeß umzukehren und mein Hämoglobin von dem Ungemach zu befreien, damit der Sauerstoff meinen Geist wieder erhellen kann. Ich stehe also am offenen Fenster und atme tief durch. Ich lebe in einer der neuen Wohnblocksiedlungen, und wenn ich hinausschaue, sehe ich nur die gegenüberliegenden Häuser und ein Stückchen Himmel. Der Himmel über dem Messegelände ist viel größer und damit auch hoffnungsloser, was für die Lagerinsassen eigentlich ein Trost war, denn je näher der Himmel, um so ferner ist das Leben. Ich weiß nicht mehr, wo ich dies gelesen habe, vielleicht habe ich mir alles nur ausgedacht, in keiner Zeugenaussage wird der Himmel erwähnt. Aber wer hätte auch, von Stacheldraht eingezäunt, Kälte und Hunger ausgesetzt, an etwas derart Unwirkliches denken sollen? Götz jedoch, falls es nicht Meyer war, liebte es, den Himmel, insbesondere die Wolken, zu betrachten und drängte oft, sogar während der Fahrt, den Meyer, falls das nicht der Götz war, in ihnen die verschiedensten Formen zu erkennen, etwa einen Elefanten oder einen Zeppelin. Meyer, oder eventuell Götz, war das einmal so leid, daß er zu Götz, oder vielleicht zu Meyer, sagte, er sollte den Unsinn lieber sein lassen. Er hat es ihm nicht nur gesagt, sondern ihn angeherrscht wie ein hoher Gestapo-Offizier. Die Adern an seinem Hals schwollen an, sein Gesicht wurde feuerrot, die Spucke spritzte in feinen Tropfen zwischen seinen zusammengepreßten Zähnen hindurch und verteilte sich im Führerhaus. Auch stahlharte Menschen, die kräftig und in jeder Hinsicht zuverlässig sind, haben also ihre schwachen Momente. Götz, oder Meyer, verstummte, schmollte wie ein Kind, wollte nicht einmal zu Abend essen. Es tat ihm leid, sein Liederbuch nicht mitgenommen zu haben, nichts kann einen so beruhigen wie eine schöne Strophe. Beim Frühstück war dann wieder alles in bester Ordnung, sie erzählten sich gegenseitig ihre Träume der vorangegangenen Nacht, das taten sie immer, und pünktlich zu der festgelegten Stunde stand der Saurer vor dem Lagertor. Sie sind da, sie sind da, flüsterten die Kinder, natürlich nicht jene, die, für den Transport ausgewählt, schon zusammen mit ihren Müttern – manchmal befand sich auch ein Vater darunter, es gab immer noch lebende jüdische Väter – in der Schlange standen, nicht also diese, sondern die anderen Kinder, die an einem der nächsten Tage an der Reihe sein würden und die jetzt noch am Stacheldrahtzaun entlang und zwischen den Pavillons hin- und herrannten. Unter ihnen ging also das Geflüster um, die Hoffnung, daß sie an diesem Morgen zu den Auserwählten des magischen Bonbonkreises gehören würden. Man läßt das Bonbon auf die Zunge gleiten, drückt es gegen den Gaumen und erlaubt dem Genuß, einen ganz zu erfüllen. Zu diesem Zeitpunkt hebt in Jajinci schon eine Kompanie von Totengräbern ein Grab aus, das eher wie ein Graben anmutet, weder zu tief noch zu flach, aber groß genug, um etwa hundert Menschen aufzunehmen. Sie graben in der Stille. Die Erde ist gut, fett, in ihr könnte alles Mögliche gedeihen. Nach Zeugenaussagen sind 81 oder 82 Gräben ausgehoben worden, und zwar nur für die Juden, die Tag für Tag, manchmal auch zweimal am Tag, in dem Saurer gebracht wurden. Für die Erschossenen wurden gesonderte Gräber, gesonderte Gräben, ausgehoben. Ich weiß nicht warum, der Zeuge weiß es auch nicht, er kann sich auch nicht an deren Ausmaß erinnern, aber auch das Töten ist eine Kunst, auch das Töten hat seine besonderen Regeln. Womöglich ist es ein Unterschied, ob man eine erstickte Person in die Erde legt oder ob ein Mensch, von dem Gewicht der Kugel im Herzen hinabgezogen, ins Leere stürzt. Die Totengräber verloren natürlich keine Zeit mit solchen Überlegungen. Sie hatten zu graben, und sie gruben, die Zeit war kostbar, jeden Augenblick konnte der Saurer hinter der Kurve auftauchen. Die Totengräber gingen weg, und aus einem anderen, einem Militärlastwagen, sprangen vier deutsche Wachsoldaten und fünf, oder sieben, serbische Gefangene heraus, und sie alle dachten eigentlich dasselbe: Wann kommt die Nacht, wann endlich kommt die Nacht? Einige Tage später, während der Kommandant Andorfer rauchte und die serbischen Gefangenen die Leichen ausluden, hielt es Götz, oder Meyer, als wenn das wichtig wäre, nicht mehr aus und fragte, an den Lastwagen angelehnt, warum sie diese Scheißjuden befördern müßten und ob es nicht besser wäre, das Ganze näher beim Lager zu erledigen, es wäre, wenn er das bemerken dürfte, bei weitem wirtschaftlicher, würde der Lastwagen vor Ort arbeiten. Der Untersturmführer Andorfer blieb abrupt stehen und dachte nach. Dann zog er an seiner Zigarette und fragte, was man mit den bearbeiteten Personen anstellen sollte, denn diese könne man ja wohl nicht ewig im Lastwagen lassen. Götz, oder Meyer, hatte nicht daran gedacht, und so äußerte er das erste, was ihm in den Sinn kam: Man könnte sie in den Fluß werfen. Andorfer verzog angeekelt das Gesicht. Wir sind doch keine Wilden, sagte er, und wenn wir schon berufen sind, der Welt ein besseres Leben zu verschaffen, dann sollten wir ihr auch einen besseren Tod bescheren. Götz, oder Meyer, zuckte mit den Schultern. Gegen ein solches Argument hatte er nichts vorzubringen, er bedauerte sogar, diesen Vorschlag überhaupt gemacht zu haben. Seine Aufgabe war zu fahren, das bewegliche Auspuffrohr mit der Öffnung im Boden der Karosserie zu verbinden und später den Lastwagen sauber zu machen und für die neue Ladung vorzubereiten. Wozu sollte er sich in etwas einmischen, was ihn nichts anging? Richtig, sagte Andorfer, als könnte er Gedanken lesen. Später, am Nachmittag, beim Kartenspiel mit den Mitgliedern der jüdischen Verwaltung, zitterte seine Hand, und einige Tropfen Kaffee fielen auf den schwarzen Kreuzkönig und die rote Karo Zwei. So sind die Zeiten, man weiß nie, wer einem wo und wann ein Messer zwischen die Rippen jagt. Ein Schauder lief ihm den Rücken herunter, er verspürte ein Jucken unterhalb des Schulterblatts. Auch ich verspüre manchmal ein Jucken an dieser Stelle, das Gefühl ist mir bekannt. Wenn das in meiner Wohnung geschieht, ist das nicht weiter schlimm: Ich lehne mich gegen einen Türpfosten und reibe mich daran wie ein Eber, aber in der Klasse, vor den Schülern, bereitet mir das unbeschreibliche Qualen. Dann fasse ich mich absichtlich am linken Ohrläppchen, bringe die Schüler dazu, ihre ganze Aufmerksamkeit dieser Freimaurergeste zu widmen, während ich heimlich meinen rechten Arm hinter dem Rücken verbiege und meinen Daumen fest gegen die juckende Stelle presse, als wollte ich mich durchbohren. Kein Schüler wünscht in diesem Augenblick sehnlicher als ich, daß die Klingel das Ende der Unterrichtsstunde verkündet. Ich war beim Hautarzt, und er erklärte mir freundlich, daß die meisten Dinge, die in Form von Flechten, Bläschen, Rötungen und natürlich auch Juckreiz am menschlichen Körper, egal wo, betonte er, auftreten, an einer ganz anderen Stelle behandelt würden. Ich sah ihn fragend an, und er legte seinen Zeigefinger an die Schläfe. Ob es in meiner Familie eine auffällige Krankheit gebe, wollte der Hautarzt wissen. Sein Zeigefinger lehnte weiterhin an der Schläfe. Die meisten seien an Vergiftung gestorben, sagte ich. Manche Wahrheiten wollen die Menschen einfach nicht glauben, es wäre verlorene Liebesmüh, sie umstimmen zu wollen. Der Hautarzt wurde ernst, und obwohl es ihm – wie man sah – schwerfiel, den Zeigefinger von der Schläfe wegzunehmen, verschrieb er mir eine Salbe, empfahl häufiges Baden, eine milde Seife, viel frisches Gemüse und Spaziergänge im Grünen. Ich spazierte zum Messegelände. Dort juckte mich nicht nur die eine Stelle, sondern der ganze Körper, aber ich konnte es dennoch leichter ertragen. Am anderen Flußufer lag Belgrad. Das war natürlich nicht die gleiche Stadt, zu der einst die hungrigen Lagerinsassen hinüberschauten, aber sie schwieg auf die gleiche Weise. Nein, das stimmt nicht, das ist nicht wahr, es gab Ahnungen, Vermutungen, Gerüchte. Man wurde sich der Abwesenheit gewahr, man sah in Bettücher eingewickelte Leichen, doch niemand unternahm etwas, niemand hat auch nur versucht, etwas zu unternehmen. Aber was hätte man auch unternehmen können? Und hätte ich an ihrer Stelle etwas unternommen? Oder hätte ich wie der Vogel Strauß nur den Kopf in den Sand gesteckt, glücklich darüber, daß ich überhaupt einen Kopf hatte und daß es noch Sand gab? Wahrscheinlich hätte ich so gehandelt, bestimmt wäre ich ein Vogel Strauß gewesen. Damals hat sich die Welt für alle geändert, jeder lernte das Leben von neuem. Keiner darf richten, wenn er die Versuchungen derer, über die er richtet, nicht kennt, ist es nicht so? Nein, sagte die Frau, die ich im Jüdischen Geschichtsmuseum traf. Aber ich wollte mit ihr nicht streiten, ich wollte mit niemandem streiten. Die Geschichte ist ein Mühlstein, und der Mühlstein denkt nicht darüber nach, warum er das Korn mahlt. Ich stellte mir Götz und Meyer ganz weiß vom Mehl vor und konnte mir das Lachen nicht verkneifen. Welche Freude ihre mehlige Erscheinung erst bei den Kindern im Lager ausgelöst hätte! Eine noch größere als der kleine Pudel von Götz, oder Meyer, mit seinem Schleifchen auf dem Schopf. Noch mehr hätten die Kinder sich gefreut, wenn man mehr Milch ins Lager geliefert hätte, als genehmigt war, nämlich mehr als nur die dreißig Liter täglich. Legt man die Zahl der Kinder und der Säuglinge zugrunde, so entfiel auf jedes Kind ein Löffel Milch. Nachdem ich das ausgerechnet hatte, rührte ich mehrere Wochen keine Milchprodukte mehr an. Die dickflüssige Zittrigkeit des Yoghurts verursachte mir Übelkeit, und die Menge Milch, die nötig war, um die Haferflocken zu bedecken, schien mir eine unnötige Verschwendung. Ohne die Milch und die Milchprodukte, die ich, wie man sagt, mein ganzes Leben konsumiert hatte, fühlte ich mich wie ein Rauschgiftsüchtiger nach dem Entzug seiner Lieblingsdroge. Meine Hände zitterten, die Kreide zerbröckelte zwischen meinen Fingern, die Augen tränten, die Beine gehorchten mir nicht mehr, die Worte blieben mir im Halse stecken. Manchmal stand ich stundenlang starr und zitternd an einer Stelle, dann war ich wiederum tagelang in ständiger

Bewegung, als jagten mich alle Furien dieser Welt. Ich kam erst zur Ruhe, nachdem ich in einem Buch gelesen hatte, daß sich die Verpflegung im Lager Anfang März deutlich verbesserte. Die Milch wurde zwar nicht ausdrücklich erwähnt, aber die Häftlinge bekamen dafür drei Fässer Marmelade. Ich vermute, es war die Vielfruchtmarmelade, mit der jedem Geschmack sowie jedem eventuellen Anspruch Genüge getan war. Sofort bin ich zum Wochenmarkt gegangen und habe mir ein halbes Kilo Schmand gekauft. Den löffelte ich zu Hause mit Genuß so lange, bis mir übel wurde. Die verbesserte Ernährung, so stand in dem Buch, und darüber gibt es auch Aussagen von Zeugen, sei mit einem veränderten Verhalten der deutschen Soldaten und des Lagerkommandanten einhergegangen. Die üblichen Grobheiten hörten auf oder wurden zumindest gemildert, die Demütigungen und die Bestrafungen blieben aus, einige Offiziere sollen sogar gelächelt haben. In jener Zeit wurde auch das Märchen von der Verlegung in ein anderes Lager in Rumänien oder Polen, ja sogar auf eine warme Insel, fast real, greifbar, so daß auch die Nächte irgendwie kürzer schienen. Erfüllt von Spekulationen und Gegenspekulationen vergingen sie schneller und endeten in Tagen, die jetzt nicht mehr so viel Bangen und Unsicherheit mit sich brachten. Der Kommandant Andorfer machte die Mitglieder der jüdischen Verwaltung mit den Regeln des neuen Lagers bekannt. Es gebe keinen Grund mehr, sie zu verhehlen, was er auch bislang nicht getan habe, er habe von ihnen schlicht nichts gewußt, behauptete er, so daß auch er, es war ihm anzumerken, angenehm überrascht sei. Vermutlich zum Dank ließ man ihn mehrere Tage hintereinander beim Kartenspiel gewinnen. Inzwischen bereiteten sich auch Götz und Meyer auf ihre Reise nach Belgrad vor. Wenn sie verheiratet waren, flüsterten sie jetzt ihren Frauen zärtliche Worte ins Ohr; wenn sie Kinder hatten, versprachen sie ihnen, bald zurückzukommen und Geschenke mitzubringen. Nichts Großes freilich, man soll die Kinder nicht von klein auf an Überfluß gewöhnen, das wird ihnen im späteren Leben nur Schwierigkeiten bereiten. Geometrisch gesprochen begaben sich Götz und Meyer auf eine horizontale Fahrt, die es den Juden im Lager auf dem Messegelände ermöglichen sollte, ihre vertikale Reise anzutreten. Vordergründig würden auch sie, die Juden, sich auf einer horizontalen Linie bewegen, aber die Reise würde sie zugleich nach oben, gen Himmel führen. Geschichtlich betrachtet markierte die Abfahrt des Saurers zusammen mit Götz und Meyer aus Berlin das Ende der monatelangen Diskussion über das Schicksal der Juden in Belgrad und in Serbien. Einige Nazigrößen befürworteten deren Verlegung in den Osten, in eins der neugeschaffenen Gettos oder Lager; die anderen, offensichtlich traditioneller gestimmt, meinten, man solle mit den Erschießungen weitermachen. An der Spitze hingegen herrschte ein moderner Geist und bestand die Bereitschaft, die Weiterentwicklung humanerer und schmerzloserer Tötungsarten zu fördern. Am Ende, als man alles zu Papier gebracht und verglichen hatte – die Preise für die Munition, die Transportkosten, die Zahl der für das einwandfreie Funktionieren nötigen Soldaten, die Menge an Lebensmitteln und anderer Bedarfsartikel, die unvermeidbaren psychischen Folgen für das einzusetzende Personal –, zeigte sich, daß es am wirtschaftlichsten wäre, einen Gaswagen nach Belgrad zu schicken, so wie es die Anhänger des wissenschaftlichen Denkens befürwortet hatten. Zwei Fahrer, vier Wachsoldaten und fünf, oder sieben, Gefangene, alles in allem ein Dutzend Personen würde ausreichen, um das Problem zu lösen. Selbst wenn man die Arbeit der Leute, die die Gräber und Gräben aushoben, dazurechnete, war dies immer noch billiger als Transporte zu organisieren oder zeitraubende und manchmal chaotische Erschießungen durchzuführen. Ich muß zugeben, eine so kristallklare und messerscharfe Logik findet man selten. Hätte ich eine solche Logik in meinem eigenen Leben angewandt, ähnelte es wahrscheinlich nicht einem durcheinander geratenen Fahrplan, ein Bild, das seinem beziehungsweise meinem Zustand am nächsten kommt. Dies zeigt am besten mein Versuch, Ordnung nicht nur in meinem Stammbaum, sondern auch in meinem Inneren zu schaffen, das in einem zusätzlichen Durcheinander endete. Ich schrieb Briefe an meine Verwandten in Australien, Israel, Amerika und Argentinien. Ich stellte mich ihnen darin vor, entschuldigte mich für mein langes Schweigen, ich glaube, ich betonte sogar, wir alle seien die letzten Körner an einem abgenagten Maiskolben, und fragte, ob sie mir irgend etwas sagen könnten, was mir helfen würde, jene Ereignisse besser zu verstehen, die sich zugegebenermaßen meinem Verstand entzögen, die aber dennoch einen Sinn haben müßten, sonst seien doch auch unsere Leben, zumindest das meine, sinnlos. Keiner hat mir geantwortet. Wenn man wie sie über achtzig ist, gibt man sich damit zufrieden, daß es noch den Tag und die Nacht und einige handfeste Dinge gibt, da fragt man nicht mehr, warum man am Leben ist. Dennoch schaute ich mehrmals am Tag in den Briefkasten und wartete auf die Gnade des Briefträgers, so wie ein Glaubender auf eine Stimme aus den himmlischen Höhen wartet. Ich gestehe, ich klammerte mich an den kleinsten Strohhalm, genauso wie die Lagerinsassen sich an das Märchen klammerten, das ihnen der Kommandant Andorfer aufgetischt hatte. Wehe uns, sagte ich zu meinen Schülern, sollten wir einmal aufhören, Märchen zu erzählen. Dann wird uns nichts mehr helfen, den Druck der Wirklichkeit auszuhalten, die Last des Lebens auf unseren Schultern zu ertragen. Wie auf Kommando hörten fast alle gleichzeitig auf zu schreiben und sahen mich an. Ist denn das Leben nicht auch ein Märchen, fragten sie. Nein, antwortete ich und faßte mich am linken Ohrläppchen, das Leben ist gerade das Fehlen von Märchen. Unsinn, sagte Meyer, oder vielleicht Götz. Wir beide saßen unter einer Trauerweide und rauchten. Ich war mir nicht sicher, was er meinte, aber ich wußte, daß es eine Menge Dinge gab, über die ich mit ihm lieber gesprochen hätte als über die Zweckmäßigkeit des Märchenerzählens. Ich meine das Leben, meldete sich Meyer, oder vielleicht Götz, und hob die Hand, um einen Schwarm kleiner Fliegen und Mücken zu verscheuchen. Das Leben ist kostbarer, als du denkst, fügte er hinzu, viel kostbarer, glaub es mir, ich weiß, wovon ich rede. Das war ein starkes Stück! Der gesichtslose Mann, der mit seinen Händen den Tod gegen Tausende Körper von Männern, Frauen und Kindern gelenkt hat, will mir den Wert des Lebens klarmachen, und das noch in einem vorwurfsvollen

Ton. Hätte ich den Zeigefinger des Hautarztes vielleicht doch ernster nehmen sollen? Ich schrieb erneut Briefe an meine in fernen Erdteilen verstreuten Verwandten. Wißt Ihr, fragte ich sie in diesen Briefen, von einer Krankheit, abgesehen von Vergiftungen, die zu unserer Familie gehört wie ein kostbares Erbstück? Keiner hat mir geantwortet, die Folge war nur, daß der Briefträger mich zu meiden begann. Ich wartete vor dem Haus auf ihn, aber er ging um das Gebäude herum und schlich durch den Hintereingang herein. Ich stand an der Straßenecke, aber er rannte auf dem gegenüberliegenden Bürgersteig. Die Tasche mit Briefen hüpfte nur so und schlug gegen seinen Hintern. Schließlich trug er nur noch zivile Kleidung und hielt die Briefe in einer Plastiktüte verborgen. Sogar seine Mütze nahm er ab und steckte sie in die Jackentasche. Götz, oder Meyer, derjenige, der davon träumte, Pilot zu werden, hatte keine Zweifel. Kleider machen keine Leute, sagte er mit strenger Stimme, aber das könne nicht im gleichen Maße für die Kopfbedeckung gelten. Er blickte dabei sehnsüchtig auf seine Pilotenmütze, die im Führerhaus direkt hinter seinem Rücken hing. Wenn er seinen Kopf zurücklehnte, kosten die Lederriemen zärtlich seinen Nacken. Aber was sollten die tun, die keine Kopfbedeckung trugen? Ich zum Beispiel trug als kleiner Junge eine Schirmmütze, aber jetzt laufe ich im Sommer wie im Winter barhäuptig herum. Auch mein Vater lief ohne Kopfbedeckung, meine Mutter ebenfalls, außer wenn sie die Wohnung putzte, dann band sie sich ein Kopftuch um. Ich schaute mir die Fotos im Familienalbum an. Nur auf einem hatte mein Vater einen Hut, aber er trug ihn in der Hand.

der Lastwagen selbst vornahmen, weil sie diese Aufgabe nicht Gefangenen anvertrauen wollten, die jede Gelegenheit zur Flucht nutzten, und zum anderen die häufigen Pannen als Folge des schlechten Zustands der sowjetischen Straßen. Es gibt keinen Hinweis darauf, daß Dr. Becker auch nach Belgrad gefahren ist. Hätte er es getan, hätten Götz und Meyer wegen der Panne mit der Hinterachse ihres Saurers sicherlich dem zweiten Teil seiner Feststellung zugestimmt. Was hingegen das erste Problem betrifft, hätten sie auf die durchaus erfolgreiche Mitarbeit der Gefangenen hinweisen können, die nicht nur das Ausladen vornahmen, sondern auch die Leichen vergruben, was sich überaus positiv auf die anwesenden deutschen Soldaten auswirkte, deren heitere Gespräche während der Arbeit oft zu hören waren. Es hatte genügt, den Gefangenen einen Lohn zu versprechen. In diesem konkreten Fall war ihnen in Aussicht gestellt worden, sie würden nach Erledigung der Aufgabe in ein Arbeitslager in Norwegen gebracht. Selbstverständlich waren nicht Götz und Meyer die Schöpfer dieser erfolgreichen organisatorischen Struktur, und sie mochten auch nicht den Eindruck entstehen lassen, sie wollten sich mit fremden Federn schmücken, weit gefehlt. Sie wußten nicht, wem diese Ehre gebührte, vielleicht dem Kommandanten Andorfer, aber wer auch immer sich dies ausgedacht hatte, der bewies, daß es mit etwas mehr Selbstvertrauen möglich war, scheinbar unlösbare Probleme zu bewältigen. Sind sie nicht prima Kerle, der Götz und der Meyer? In anderen Zeiten wären sie bei ihrem Fleiß bestimmt an die Spitze ihrer Gewerkschaft gelangt. Aber selbst wenn er ihre Beteuerungen gehört hätte, wäre der Dr. Becker nicht von seinem Standpunkt abgerückt, wonach die Gaslastwagen gut waren, wenn es um kleinere und abgelegene jüdische Gemeinden ging, daß deren Leistung aber nicht für Städte mit einer großen Konzentration jüdischer Bevölkerung ausreichte, wo – und da muß man wieder die Mathematik bemühen – die Kosten für die Unterhaltung von Lagern mit ortsfesten Gaskammern und Krematorien bei Ausnutzung der kostenlosen Arbeitskräfte wesentlich niedriger waren als die für die Gaslastwagen mit dem äußerst unnötigen Einsatz von Soldaten, die woanders viel nützlicher sein konnten. Kurzum, Götz und Meyer blieben von einem bestimmten Zeitpunkt an ohne Arbeit. Die Gaslastwagen verschwanden wie die Dinosaurier und machten einer entwickelteren Art Platz, nämlich den Lagern, die wie Todesfabriken funktionierten. Die Wissenschaft muß voranschreiten, da gibt es kein Mitleid. Möglich sind gewisse sentimentale Reminiszenzen, ein Gerührtsein, etwa hervorgerufen durch den Satz: »Erinnerst du dich an die alten Saurer?«, aber das ist auch alles. Von Mitleid ist da keine Spur, die Wissenschaft hat für solche Gefühle, ja überhaupt für Gefühle, keine Zeit, vor allem wenn es um derart bedeutende Aufgaben geht. Eh, winken Götz und Meyer ab, hätten wir solche Überlegungen angestellt, hätten wir nie etwas zustande gebracht. Sie sind gewissenhaft, pünktlich, ausgeglichen und gut gelaunt, ihre Unterschrift ist leserlich, ihre Uniform adrett, ihr Schritt beschwingt. Nichts an ihnen ist zu beanstanden. Und erst recht nicht, wenn Götz, oder Meyer, das Lager betritt und Bonbons austeilt! Währenddessen verspürt Meyer, oder Götz, der, der keine Kinder mag, doch hin und wieder einen leichten Stachel von Neid. Es ist schön, denkt er, wenn man wegen seiner Arbeit beliebt ist, aber er bringt es nicht fertig, sich wie Götz, oder Meyer, zu verhalten. Diese Bälger sind ihm widerlich, wozu sich verstellen, er könnte seine Hand nicht auf ihre Köpfe legen, und wie mager sie sind und gleichzeitig irgendwie aufgedunsen, und diese eingefallenen schwarzen Augen, gräßlich. Außerdem – und das ist interessant – war Meyer, oder Götz, nicht gerade überzeugt von Götzens oder Meyers Gefühlsbekundungen gegenüber diesen Schreihälsen. Irgendwie hatte ich das Gefühl, sagt mir Meyer, oder Götz, daß dies das Ergebnis einer wahrscheinlich mit dem Kommandanten Andorfer getroffenen Absprache war. Wenn er schon fähig war, Regeln für ein nichtexistierendes Lager zu erfinden, warum sollte er nicht auch die Idee mit den Bonbons gehabt haben? Einmal, als wir in Jajinci auf das Ende des Entladens warteten, erzählte er weiter, standen die beiden etwas vom Lastwagen entfernt und unterhielten sich. Ich sah, wie ihm der Kommandant Andorfer etwas Weißes gab, was sich später in seinen Händen eindeutig als eine Tüte mit Bonbons erwies. Dieses Petzen war eines SS-Scharführers ganz und gar unwürdig, aber der Mensch ist halt ein fragiles Wesen, und es gibt keinen, der nicht früher oder später zerbricht. Schaut nur mich an: Wie ein geprügelter Hund liege ich auf dem Fußboden, den Kopf an einen Stapel Bücher gelehnt, und starre die nackte Wand an. Ich liege da niedergedrückt von der Last unzähliger Fakten, von auf Fotos gesehenen Szenen, von Beschreibungen, von technischen Details über die Lastwagenproduktion, von Zahlen, von Durchmessern, von Namen. Ich ahne, ich werde für immer starr liegenbleiben, ich werde nie mehr hinausgehen können. Der Hinweis von Götz und Meyer, nur Kleingeister würden schwach, ist da wenig hilfreich. Das ist nichts Neues für mich. Wie oft resignierte ich vor den Bergen von Heften mit Aufsätzen, und wie sehr hat mich erst deren Benotung erschöpft! Erst vor einigen Tagen, als ich zum werweißwievielten Mal die Rige-od-Fere-Straße hinaufstieg, spürte ich an einer Straßenecke, daß mich etwas berührte. Ich weiß nicht, ob es mir gelingt, diese Berührung zu beschreiben. Es war vielleicht so etwas wie der Druck einer feuchten Handfläche gegen die Wange. Egal, ich stand an der Straßenecke, das Gesicht dem Haus zugewandt, überzeugt, daß in ihm früher Verwandte von mir gelebt hatten. Es war nicht nötig, in meiner Tasche nach den Listen zu kramen und die Adresse zu überprüfen. Allerdings kam mir der Gedanke, daß vielleicht der Götz- und Meyersche Lastwagen hier vorbeigefahren sei und daß ich deswegen hier stehengeblieben war. Ich stellte mir vor, wie einer den anderen auf den Mann mit dem schütteren Haar aufmerksam machte, der mit den Armen fuchtelnd und Selbstgespräche führend an dieser Straßenecke stand. In der Städtischen Bibliothek Belgrads drohte man, mich hinauszuwerfen, falls ich weiterhin die Besucher mit meinem halblauten Gemurmel belästigte. Auch Götz, oder Meyer, einer der beiden, führte gelegentlich Selbstgespräche, vor allem auf der Fahrt durch eintönige Gegenden. Meyer, oder Götz, machte anfangs der langweilige Dialog zweier gleicher Stimmen nervös, aber später, als er sich daran gewöhnt hatte, wirkte das einlullend auf ihn. Er starrte mit halboffenen Augen durch das Fenster, dann linste er nur noch durch die Wimpern, und schließlich versank er in Schlaf. Er schlief wie ein Baby mit einem Lächeln auf den Lippen, seine Augenlider zitterten leicht, auf seinen Wangen bilden sich Grübchen. Nur ein ausgeglichener Mensch, der erfüllt ist und zufrieden mit seinem Leben, vermag so zu schlafen. Was würde ich dafür geben, an seiner Stelle zu sein! Wenn ich morgens aufwache, finde ich das Bettlaken um meinen Hals gewickelt, die Steppdecke auf dem Boden, einen Arm im Kopfkissenbezug verheddert. Von meinen Träumen – was sage ich: Träume, das sind Ringkämpfe – könnte ich stundenlang berichten. So träumte ich einmal, wie ich durch das Labyrinth meines Familienstammbaumes wanderte. Ich irre lange umher, meine Fußsohlen brennen; endlich erblicke ich den Ausgang, laufe fröhlich dorthin und finde mich vor dem Eingang eines Pavillons auf dem Messegelände wieder, fast erstickt von dem strengen Geruch der Angst und der Verzweiflung; ich spüre die Übelkeit in mir aufsteigen und will mich verstecken; in einer Ecke zusammengekauert, gelingt es mir auch bei größter Mühe nicht, mich zu übergeben; dann erblicke ich in der Ferne Götz und Meyer in weißen Krankenpflegertrachten; gesichtslos kommen sie mir mit ausgestreckten Armen entgegen. Bei solchen Träumen verkrampft sich mein Gesicht. Manchmal muß ich meine Wangen mit den Fingern glatt ziehen, die Falten von der Stirn wegschieben, meine Augenlider straffen. Im Unterricht vor den Schülern wage ich es nicht, den Kopf zu heben. Mit gesenktem, in das aufgeschlagene Klassenbuch vergrabenem Blick höre ich zu, wie sie von Romanen reden, deren Thema der

Zweite Weltkrieg ist. Ihr müßtet davon so erzählen, als lebtet ihr im Krieg, sage ich zu ihnen, als wäret ihr jetzt im Krieg. Götz und Meyer sitzen in der letzten Bank, tuscheln miteinander, reißen Blätter aus ihren Schulheften, falten sie zu Papierflugzeugen. Später, in der großen Pause verzehren sie im nahegelegenen Park Würstchen mit Senf. Gebückt hinter dem Vorhang sehe ich durch das Fenster des Lehrerzimmers, wie Stücke Brot in der Leere ihrer Gesichter verschwinden. Bei solchen Paaren ist gewöhnlich der eine groß, der andere klein, der eine dick, der andere schlank, aber Götz und Meyer unterscheiden sich kaum: Sie sind gleich groß, von normaler Statur, tragen Stiefel der gleichen Größe. Zwar hat der eine etwas breitere Füße, was bedeutet, daß ihn die Stiefel ein wenig drücken, aber dieser Unterschied unterstreicht nur, wie man so sagt, die Ähnlichkeit, zum Beispiel der Art zu gehen oder den Arm zum Gruß zu heben. Götz könnte eigentlich Meyer sein und Meyer eigentlich Götz. Vielleicht ist es auch so, wer weiß? Beide reden mit gleicher Begeisterung von ihrem Saurer, loben ihn mit ausgesuchten Worten und zögern nicht, bestimmte Einwände vorzutragen, etwa die Instabilität der Karosserie bei voller Ausnutzung der Kapazität, die es nötig macht, die Menge des Transportguts zu verringern, was wiederum einen höheren Brennstoffverbrauch zur Folge hat, weil das Kohlenmonoxyd nun einen größeren Raum ausfüllen muß. Eine kleinere Karosserie bewirke eine bessere Leistung, lautete ihre Feststellung. Später fand ich in einem Buch einen deutschen Bericht vom Juni 1942, in dem mit fast denselben Worten das Problem der Stabilität der Gaslastwagen erörtert wurde. Dort wurde auch die Stellungnahme der Hersteller wiedergegeben, die Götz und Meyer nicht gekannt haben konnten, wonach durch die Verkleinerung der Karosserie das Gleichgewicht des Lastwagens gestört und seine Vorderachse ungleich größerem Druck ausgesetzt würde. In der Praxis jedoch, behaupteten die Autoren des Berichts, dränge die Ladung instinktiv zu der sich schließenden Tür hin, wodurch das Gewicht vor allem auf der Hinterachse laste, was wiederum das nötige Gleichgewicht gewährleiste. Rührend ist die in diesem Bericht bekundete Sorge um das Wohlergehen der Ladung, die, sobald sie sich in der Dunkelheit des Hecks findet, anfängt zu kreischen und zur Türe zu stürmen, weswegen vorgeschlagen wird, das Licht brennen zu lassen, was zur Beruhigung der Ladung und – wie ich vermute – zum gleichmäßigeren Einatmen des Kohlenmonoxyds beitragen sollte. Nebenbei wird auch angemerkt, die Glühbirne solle unbedingt durch ein Metallgitter geschützt werden, vermutlich damit keiner sie kaputtschlägt und sich an den Glassplittern schneidet oder, Gott bewahre, durch einen Stromschlag umkommt. Götz und Meyer hätten diesen Vorschlag bestimmt gutgeheißen, obwohl sie bezweifelt hätten, daß dadurch das Gekreische und Gejammer völlig vermieden worden wäre, denn sogar bei ihnen, wo das Beladen in vollkommener Ordnung verlief, fing früher oder später und insbesondere nach dem Anhalten und dem Umstecken des Auspuffrohrs immer einer zu schreien an, und die übrigen stimmten sofort ein. Schließlich dauerte das Ganze nicht allzulang, und die Erfahrung zeigte, daß sich dieses Geschrei alsbald in jene Geräusche verwandelte, die wir erst hören, wenn sie eigentlich nicht mehr zu hören sind. Es ist aus, pflegte dann Götz, oder Meyer, derjenige, der bestimmt verheiratet war, zu sagen. Er sagte das täglich, manchmal auch zweimal am Tag, und dem Meyer, oder Götz, demjenigen, der vielleicht nicht verheiratet war, lief es jedesmal kalt den Rücken herunter. Darüber steht kein Wort in ihren Berichten, die ich zwar nicht gesehen habe, von denen ich aber annehmen muß, daß Götz und Meyer sie geschrieben haben, zumindest einen. Ich mag mir vorstellen, wie sie sich über Papiere beugen, ihre Stirn runzeln, auf den Bleistiften kauen. Sie drehen sich zu mir um: Warum hilfst du uns jetzt nicht? In der Historie kann niemand niemandem helfen, sagt die Frau im Museum. Sie sagt es mit einer solchen Bestimmtheit, daß ich erst gar nicht versuche, darauf etwas zu erwidern. Während ich ihr gegenübersitze, weiß ich, wie meinen Schülern zumute ist. Dann kam ein Brief aus Wien, in dem man mir versicherte, daß im Falle von Götz und Meyer nach dem Krieg in Deutschland keine Ermittlungen durchgeführt wurden, so daß es nicht möglich sei, etwas über deren Schicksal in Erfahrung zu bringen. Den Brief las ich vor meinem Briefkasten, nachdem ich den Umschlag mit einer heftigen Bewegung aufgerissen hatte. Die Briefmarke habe ich nicht beachtet. Meine Knie zitterten, ich mußte mich auf eine Stufe des Treppenhauses setzen. Ich blieb nicht lange da sitzen, jemand stieß mich in den Rücken, ich schaffte es gerade noch, mein Bündel zu greifen und mich den anderen anzuschließen, während von allen Seiten Wortfetzen, tiefe Seufzer, verhaltenes Weinen zu mir drangen. Wir stiegen auf einen Militärlastwagen. Während der Fahrt sah ich durch eine Öffnung in der Plane Häuser und Straßen vorbeigleiten, dann erreichten wir die Brücke, und Belgrad blieb immer weiter zurück. Ihr müßt euch ein Leben vorstellen, das zu einem Korn zusammenschrumpft, sagte ich zu meinen Schülern. Gestern noch gab es die ganze Welt, heute ist sie nur noch ein Punkt. Das zu beschreiben ist unmöglich, denn man kann entweder nur der Welt oder nur dem Punkt gerecht werden. Man kann nämlich nicht in der gleichen Sprache über beides sprechen; das eine beginnt dort, wo das andere endet; das eine kann das andere überhaupt nicht begreifen. Das ist schon zu verworren für sie: Ich sehe wie sie ihre Augenbrauen heben und schmollen. Das Leben ist Geschichte, schreibe ich auf die Tafel, und in der Geschichte kann niemand niemandem helfen. Merkwürdig, aber wenn er das Lager auf dem Messegelände betrat und die Tüte mit den Bonbons aus der Tasche zog, spürte Götz, oder Meyer, daß er die Historie hinter sich ließ. Er bewegte sich in einem Raum außerhalb der Zeit, er existierte nur im Jetzt, er gehörte niemandem. Dann schloß er die Augen, und schon im nächsten Augenblick saß er hinter dem Lenkrad des Saurers, pfiff eine Marschmelodie, zufrieden, weil er heute nicht Beifahrer war und somit nicht verantwortlich für die Umkoppelung des Auspuffrohrs. Obwohl er nicht abergläubisch war, spürte er jedesmal etwas Unheilvolles in der Luft, wenn er aus dem Laster stieg und plötzlich, während sich Staub auf seine Uniform legte, Gemurmel und Stöhnen im Heckteil vernahm. Einmal hörte er das Summen von Bienen, ein anderes Mal Vogelgesang, aber das dumpfe Geraune übertönte alles, vor allem, wenn er sich, das Auspuffrohr in der Hand, der Öffnung am Boden des Kastens näherte. In einem der Träume, aus denen Meyer, oder Götz, ihn wachrütteln mußte, wobei er immer drohte, das nächste Mal würde er ihm ein Glas Wasser über den Kopf gießen, was er dann doch nie tat, also in einem dieser Träume hörte er, wie jemand durch diese Öffnung seinen Namen rief. Dieser sagte laut und deutlich: Wilhelm Götz. Und dann noch: Du bist Erwin Meyer. Ein schrecklicher Traum. Auch jetzt noch schaudert ihn, wenn er daran denkt. Er hat keinem davon erzählt, allerdings mußte er sich einmal sehr zusammennehmen, um sich nicht dem Untersturmführer Andorfer anzuvertrauen. Während die beiden abseits vom Lastwagen rauchten und auf das Ende des Entladens warteten, sprachen sie von Träumen, und nachdem Andorfer ihm einen aufregenden Traum erzählt hatte, in dem ein doppelköpfiger Drache vorkam, verspürte er Lust, von seinem Traum zu berichten, aber dann verkniff er es sich, fing an zu hüsteln und erklärte, er habe Halsweh. Andorfer griff in seine Tasche und bot ihm aus einer Tüte Mentholbonbons an. Er mochte den Mentholgeschmack nicht, seine Vorliebe für Schokolade war hinreichend bekannt, aber dennoch nahm er das Angebot an und legte das Bonbon auf die Zunge. Auch die Kinder im Lager nahmen seine Bonbons häufig auf diese Art: Sie legten sie sich auf die Zunge und drückten sie bei geschlossenen Augen gegen den Gaumen. Manche Kinder, vor allem die Jüngsten, hielten das Bonbon ganz fest in ihren schmierigen Händen und knabberten mit vorsichtigen Bissen seine Schokoladenhülle ab. Dann wühlten sie mit ihren kleinen Zungen im Inneren des Bonbons, als suchten sie nach verborgenen Schätzen. Mir fällt ein, daß keines von ihnen wußte, wie Götz, oder Meyer, hieß. Sie drängten sich um ihn und riefen: Hierher, Onkel, bitte hierher! Nicht nur die Kinder, vermutlich wußte keiner die Namen von Götz und Meyer, allerdings muß angenommen werden, daß man sie irgendwie bezeichnete, vielleicht »Der Dünne« oder »Der Schnauzbart«, mit einem Wort also, das Götz zu Götz und Meyer zu Meyer machte. Sie, die Lagerinsassen, wußten eben etwas, was außer meiner Reichweite liegt, ich wiederum weiß Dinge, die ihnen unbekannt waren: die Namen von Götz und Meyer, den wahren Zweck des Saurer-Lastwagens, die genaue Bedeutung der Wörter »Verlegung« und »Ladung«, das Märchen von dem nichtexistierenden Lager in Rumänien oder Polen. Im Falle von Götz und Meyer muß ich allerdings zugeben, daß ich nicht weiß, wer von den beiden wer ist, was mich eigentlich noch unwissender macht als die, die nicht einmal ihre Namen kannten. Ich rede so viel von Namen, als würden sie etwas bedeuten. Dabei sind Namen, wie ich vielleicht schon gesagt habe, nur leere Muscheln, liegengebliebene Schalen, mit dem Unterschied, daß eine Muschel, wenn man sie ans Ohr hält, wie das Meer rauscht, während aus den Namen dieser beiden nichts als die Stille erklingt. Ich kann die Stille nicht mehr hören. So habe ich mich neulich um drei Uhr nachmittags beim dichtesten Verkehr lange auf den Straßen aufgehalten und mir die Häuser angeschaut, in denen einst meine Verwandten gewohnt haben. Danach versuchte ich herauszufinden, welchen Weg jeder von ihnen nahm, als er sich an jenem Dezembermorgen zum Hof der Sonderpolizei für die Juden begab. Sie gingen gebückt unter den Bündeln, schleppten ihre Habseligkeiten auf dem Bürgersteig hinter sich her, fragten sich, ob sie nicht vergessen hätten, die Tür abzuschließen und die Blumen zu gießen. Einer von ihnen bemerkte, er könne sich nicht erinnern, schon mal so früh aufgestanden zu sein, was er aber nicht bedauere, da die Morgenluft so angenehm sei. Für mich aber war die Luft äußerst unangenehm. Ich lief die Straßen entlang, auf denen der Götz- und Meyersche Saurer gefahren war. Ich stand auch an der Straßenecke, wo mich einmal etwas berührt hatte, aber diesmal spürte ich nichts. Vielleicht sind meine Verwandten mittlerweile, zwischen meinen beiden Besuchen dieser erdachten Geschichte, umgezogen? Ich muß das in meinen Listen nachschauen. Ich rede von Listen, dabei handelt es sich um ein umfangreiches Archiv, um unzählige Ordner mit Etiketten und Hinweisen auf andere Ordner, was mir ermöglicht, alle eine Person oder ein Ereignis betreffenden wichtigen Daten auf Anhieb zu finden. Für jeden Verwandten, genauer für jede Familie, gibt es einen Ordner, sowie je einen für den Kommandanten Andorfer, für das Jüdische Krankenhaus, die Gestapo, die Abteilung für Sozialfürsorge und die sozialen Einrichtungen, für Jajinci. Auch Götz und Meyer haben einen gesonderten Ordner, aber dort befinden sich nur Kopien von Telegrammen, in denen ihr Kommen angekündigt und ihre Abreise gemeldet wurde. Die Hinweise auf dem Deckblatt führen zu folgenden Ordnern: Saurer – technische Eigenschaften; Saurer – Verwendung, Karten; Kommandant Andorfer, Untersturmführer; Riga; Briefwechsel Österreich; Briefwechsel Deutschland; Messegelände; Ordner mit meinem Namen. Götz und Meyer werden gelegentlich in diesen Ordnern erwähnt, aber alles in allem ist das nicht der Rede wert. Ihre Gesichter bleiben weiterhin weiße Flächen, die an Kapitulationsfahnen erinnern, was eigentlich ein völlig falsches Bild ist. Wenn schon jemand eine solche Fahne hissen sollte, dann ich und keinesfalls Götz und Meyer. Verirrt im Labyrinth des Familienstammbaums oder zwischen den auf dem Fußboden verstreuten Papieren war ich einige Male nahe dran, zu kapitulieren, ich mußte mich zusammenreißen, es nicht zu tun. Auch ich wollte schon ein paarmal aufgeben, sagt Götz, oder vielleicht Meyer, diese eintönige Arbeit machte mich fertig, diese ständige Wiederholung, einen Tag am Lenkrad, den anderen verantwortlich für das Auspuffrohr, und das immer und immer wieder, als gäbe es nichts anderes im Leben. Meyer, oder Götz, der andere, machte keinen Hehl daraus, daß er nicht derselben Meinung war. Aber gerade so ist es doch, sagte er, solange man uns diese Aufgabe anvertraut, ist dies unser Leben. Schon lange zweifelte er, daß der andere bedingungslos an die Ideale des Deutschen Reiches glaubte. An seiner Arbeitsleistung war nichts auszusetzen, ebenfalls stand fest, daß er sich nie gegen diese Ideale ausgesprochen hatte, aber in ihm gab es ein Zuviel von etwas, wie soll man sagen, etwas Weichlichem, ja von ihm ging eine Niedergeschlagenheit aus, zusammen mit noch etwas, was nicht klar zu erkennen war, aber er war sicher, daß gerade darin der Schlüssel zu finden war, der ihm die Türe zu der anderen Seite öffnen würde. Er konnte nicht klar definieren, was diese andere Seite war, das mußte er erst noch erforschen, aber es genügte schon, ihn die Augen offen halten und aufmerksam den nächtlichen Stimmen im Nachbarbett lauschen zu lassen. Hätte ich das gewußt, sagte mir im Vertrauen Götz, oder vielleicht Meyer, der erste von ihnen, hätte ich mich ihm gegenüber anders verhalten. So seien halt die Menschen, man öffnet ihnen sein Herz, und sie halten sich die Nase zu. Ich verstand nicht, was er damit sagen wollte, hatte aber keine Lust nachzuhaken. Ich fühlte mich nicht wohl, während ich zusammen mit ihm unter der Save-Brücke saß und Bier trank. Das Bier machte mich benommen, die Sommerhitze erreichte uns trotz des Schattens und der Nähe des Flusses, die Pavillons auf dem Messegelände lehnten sich gegen meinen Rücken, oder vielleicht Nacken. Hier, unweit von uns, trugen die Lagerinsassen und -insassinnen ihre Toten über den zugefrorenen Fluß. Vom Kalemegdan aus schienen sie wie schwarze Punkte. Sie bewegten sich derart langsam und ihre Flußüberquerung dauerte so lang, daß der Betrachter von Zeit zu Zeit einen Handschuh ausziehen und seine tränenden Augen wischen mußte. Die Kälte zwickte in die Wangen, spannte die Kinnhaut, biß in die Ohren. Während ihnen der Boden unter den Füßen wegglitt, hielten die Lagerinsassen die Leichen fest, als könnte denen etwas passieren, wenn sie ihnen aus den Händen rutschten und auf das Eis prallten. Niemand stirbt zweimal, sagte Götz, oder Meyer, und rülpste. Er konnte nicht wissen, daß zwei Jahre nach dem Aufenthalt der beiden in Belgrad die deutschen Okkupationsbehörden beschlossen hatten, die auf dem Richtplatz in Jajinci verscharrten Leichen verbrennen zu lassen. Dadurch sind meine

Verwandten doch zweimal gestorben, einmal in der Dunkelheit des Lastwagens, wo sie nach reiner Luft rangen, und das zweite Mal auf dem Leichenberg, wo sie sich nach Ruhe sehnten. Beim Ausgraben wurden den Leichen nach der Aussage eines Zeugen Kostbarkeiten abgenommen: Ringe, Uhren, Kettchen, Goldzähne. Nach der Verbrennung hat man die Asche auf der Suche nach verbliebenem Edelmetall durchgesiebt. Damit wurden vermutlich die Ausgrabungskosten gedeckt, außerdem sprang dabei wohl auch ein kleiner Verdienst heraus. Schließlich wurden die so gewonnenen Wertgegenstände nach Berlin geschickt. Götz, oder Meyer, und ich saßen jedoch weiterhin unter der Brücke und tranken lauwarmes Bier. Ich fragte ihn, ob er über die Lebenserwartung der Fische Bescheid wüßte. Ganz plötzlich war mir der Gedanke gekommen, daß in der Save vielleicht noch immer der eine oder der andere Fisch lebte, der damals unter der Eisschicht geschwommen war und die Schattengestalten gesehen hatte, die unter dem Gewicht ihrer Last behutsam dahin schritten. Götz, oder Meyer, zeichnete mit dem Flaschenhals einen Kreis auf seine Stirn, was wohl bedeuten sollte, ich sei übergeschnappt. Das war gar nicht weit von der Wahrheit entfernt. Jeder hätte sich an meiner Stelle schon Sorgen gemacht, manch einer hätte sogar einen Arzt aufgesucht, es gibt ja verschiedene Stellen, wo man um Rat fragen kann, aber ich presse die Lippen und beiße die Zähne zusammen und mache weiter, als wäre nichts geschehen. Gelegentlich besteht der Sieg im Eingeständnis der Niederlage, nicht so in meinem Fall. Ich kämpfe lieber gegen Windmühlen, auch wenn sie alt und hinfällig sind, wie es heute, wenn sie noch lebten, Götz und Meyer sein müßten. Ich habe sie nie gesehen, außer in meiner Phantasie. Und so bin ich wieder am Anfang. Das also ist aus meinem Leben geworden, aus einem der drei Leben, die ich gleichzeitig lebte, oder sogar aus einem vierten: ein Strampeln, ein ständiges Rückwärtsschauen, ein ewiger Neubeginn. Die übrigen suchten mich weiterhin heim, unverändert. So wachte ich voller Tatendrang als Götz, oder Meyer, auf und legte mich als ein dreizehnjähriger Junge schlafen, der sich auf die Bar Mizwa vorbereitete und dabei Worte in einer Sprache wiederholte, die ihm die Kehle aufrauhte. Keiner meiner Verwandten im Lager entsprach der Beschreibung des dreizehnjährigen Jungen, und ich weiß nicht, woher er gekommen war, noch welches Leben ihm gehört hatte. Götz und Meyer können mir da auch nicht helfen. Hätten wir alle diese Gesichter in Erinnerung behalten, meinen sie, könnten wir uns jetzt an nichts anderes mehr erinnern. Der Junge erschien mir immer wieder, und einmal sah ich deutlich seine anstelle meiner Hände. Sie umklammerten eine Tasse voll Milch, er hatte Durst. Er war in mir auch an jenem Tag, als ich mit vor Erregung schriller Stimme meinen Schülern vorschlug, am nächsten Mittwoch einen Anschauungsunterricht abzuhalten. Obwohl sie schon allein der Gedanke, nicht in der Klasse sitzen zu müssen, in helle Begeisterung versetzte, wollten sie wissen, worum es dabei gehen würde. Der Junge war inzwischen verschwunden, und so mußte ich selbst antworten. Um den Unterschied zwischen Realität und Kunstwerk, sagte ich, aber auch um die Ähnlichkeit zwischen dem Moment der Wirklichkeit und den Früchten der

Phantasie. In den folgenden Tagen hatte ich alle Hände voll zu tun. Es galt, einen Bus zu mieten, von den Schülern Geld einzusammeln, die Route festzulegen, die Gedanken zu ordnen. Das letztere ist mir zugegebenermaßen am schwersten gefallen. Dann fand ich in einer entlegenen Ecke des Stammbaums die entfernte Verwandte Matilda, die 1929 gestorben war. Ich hatte nie etwas über sie gehört – als wäre sie Teil eines Familiengeheimnisses gewesen. Auch konnte ich auf dem Jüdischen Friedhof, einschließlich seinen vernachlässigten aschkenasischen Teils, ihren Grabstein nicht finden. Ihretwegen besuchte ich auch den Jüdischen Friedhof in Zemun, obwohl keiner meiner Verwandten je in Zemun gelebt hatte, ausgenommen natürlich die Monate, die sie im Lager auf dem Messegelände verbrachten. Und so habe ich, darauf bedacht, daß Götz und Meyer nichts merken, mir eine Geschichte zurechtgelegt, nach der die arme Matilda im Kindbett gestorben ist. Der Junge, der damals zur Welt gekommen war und nun aus meiner Kehle kratzende hebräische Worte hervorstieß, stammte aus ihrem unehelichen Verhältnis zu einem Mann, den sie nicht verraten wollte. Der Junge bekam den Namen Adam. Matilda jedoch wurde, als hätte ihr Tod nicht genügt, in einen tiefen Brunnen des Vergessens versenkt. Ihre Fotos wurden zerrissen, ihre alten Schulhefte verbrannt, ihre Kleider an Wohltätigkeitsvereine verschenkt. Wieso Adam nicht auf der Liste der Belgrader Juden stand, entzieht sich meiner Kenntnis; sein Name tauchte jedenfalls nicht in den Aufforderungen auf, die Anfang Dezember 1941 verschickt wurden. Nichtsdestotrotz und entgegen dem Rat seiner Tante, bei der er damals wohnte, packte Adam am Abend des 7. Dezember, bevor er sich schlafen legte, seinen kleinen Koffer. Neben etwas Wäsche und einem dicken blauen Pullover tat er das weiße Hemd und die schwarze Hose hinein, die für die Bar-Mizwa-Feier vorbereitet waren, sowie zwei Äpfel, die er auf der Kredenz in der Küche fand. Einen Apfel sollte ihm später im Lager ein unbekannter Junge wegnehmen und ihm Prügel androhen, falls er heule. Er heulte nicht. Das alles erzählte ich meinen Schülern, während wir im Bus durch die Stadt fuhren. Ich benutzte den Lautsprecher des Busses. In meiner rechten Hand hatte ich das Mikrofon, während ich in der linken ein Bündel Notizen hielt. Da stand kaum etwas, was ich nicht schon wußte, es sollte mir nur Mut machen. Er ist schon merkwürdig, dieser Glaube an das Papier, als wäre die Historie nur eine Tintenspur, als wäre das Papier beständiger als alles andere. Ich hielt mich also an diesem Bündel fest wie der Dieb aus dem Märchen, der, beim Klauen auf dem Feld ertappt, behauptete, er halte den Kürbis nur fest, um ihn vor dem Sturm zu bewahren. Ich stand breitbeinig, beide Füße fest auf den Boden gestemmt, bestrebt, im Bus das Gleichgewicht zu halten, der wie ein Boot schaukelte und den ich an dieser Stelle ruhig Noahs Arche nennen darf. Auch wenn ein Wind blies, ich spürte ihn nicht. Während ich sprach, summte der Fahrer immer denselben Kehrreim vor sich hin, so daß ich ihn in dem Augenblick, als der Junge seiner Tante folgend zum Lastwagen ging, bitten mußte, aufzuhören. Er willigte nur ungern ein und pfiff danach gelegentlich weiter. Nicht alle Fahrer sind wie Götz und Meyer, das muß man schon sagen. Bei ihnen wußte man genau, wann die Zeit für das Singen, wann für das Pfeifen, wann für das Jodeln war, aber über allem stand die Pflicht, und ein Befehl, selbst wenn er in Form einer Bitte ausgesprochen wurde, mußte respektiert werden. Von hier nahm alles seinen Anfang, erzählte ich, als wir in die George-Washington-Straße einbogen, wo sich damals die Sonderpolizei für die Juden befunden hatte, obwohl es, fügte ich hinzu, richtiger wäre zu sagen, daß hier alles sein Ende nahm. Heute ist es ja heiter und sonnig, fuhr ich fort, aber ihr müßt euch die Dezemberdunkelheit, den kalten Morgen, das Zittern am ganzen Leib vorstellen. Sie schlossen zum letzten Mal die Wohnungstür ab, hoben ihr Gepäck hoch und machten sich auf den Weg. Adam schaute seiner Tante zu, die den Schlüssel umdrehte und die Türklinke drückte, und als sie sich etwas entfernt hatte, rückte er die schiefliegende Fußmatte gerade. Zumindest mit einem Teil ihres Wesens mußten sie, wie auch alle anderen, gewußt haben, daß sie nie wieder zurückkehren würden und daß sie eine Reise antraten, die ihre Ehemänner und Väter schon hinter sich hatten. Sie sträubten sich aber dagegen, was ihrem Gang anzumerken war, der unterbrochen wurde durch plötzliche Zuckungen – kurzfristiges Flüchten vor der Wahrheit. Sie flüchteten vor sich selbst in der Hoffnung, sie würden dort, wohin sie sich begaben, als jemand anderer ankommen, und während diese anderen zum Gebäude der Sonderpolizei gingen, würden sie selbst zu ihren Alpenveilchen auf den Fensterbänken zurückkehren. Nur Adam war mit seinem ganzen Wesen präsent, denn selbst wenn er es gewollt hätte, wäre er nicht imstande gewesen, sich zu spalten, er hatte nichts, wozu er hätte zurückkehren können. Er hielt seinen kleinen Koffer fest, bereit, endlich in die weite Welt zu ziehen. Der Fahrer pfiff leise durch die zusammengepreßten Zähne. Das kam einem Zischen näher als einem Pfeifen, aber ich erkannte den Kehrreim dennoch. Jetzt möchte ich gern von euch hören, sagte ich ins Mikrofon, was ihr an seiner Stelle getan hättet. Eine Stille ergoß sich in den Bus wie Wasser, das man aus einer Schüssel schüttet. Sogar der Fahrer drehte sich um. Ich wartete. Als erstes meldete sich ein Mädchen mit langem blondem Haar. Sie schob den Pony aus der Stirn und sagte, sie würde ihren Hamster mitnehmen, ihr sei der Gedanke unerträglich, ihr Ćira, so hieß wohl der Hamster, müsse allein zurückbleiben. Ein Leben ohne Ćira, fügte sie hinzu, wäre nichts mehr wert. Sofort meldeten sich auch andere. Es zeigte sich, daß meine Schüler einen ganzen Zoo besaßen und ihre Wohnungen nur verlassen würden in Begleitung ihrer Hunde, Katzen, Wellensittiche, Kanarienvögel, Schildkröten, Hasen, Ameisenkolonien, Gottesanbeterinnen. Die Gottesanbeterinnen besaß der Junge mit dem Pferdeschwanz. Er hielt sie in Einmachgläsern und ließ sie manchmal gegeneinander kämpfen. Auch der Fahrer meldete sich: Er war Taubenzüchter. Es tut mir leid, sagte ich, aber die Anweisungen sind eindeutig, erlaubt ist nur die Mitnahme von Kleidung, Bettwäsche, Verpflegung für drei Tage und ähnlichem. Das ist ja unmenschlich, rief das blonde Mädchen aus. Diesmal hatte sie den Pony nicht aus der Stirn geschoben, und ihre Augen blitzten zornig durch die Fransen. Wenn es so weitergeht, dachte ich, werden sie mich noch beim Tierschutzverein anzeigen. Und laut sagte ich: Das ist

der Unterschied, über den wir sprechen wollen, über die Tatsache, daß ihr euch die Realität noch immer wie ein Kunstwerk vorstellt, bei dem man die Möglichkeit der Wahl hat, während es in der wahren Realität keine Wahl gibt. An ihr muß man teilhaben, man kann sich nicht aus ihr fortstehlen und zu etwas anderem übergehen, es gibt nur, was vorgegeben ist, ob das einem paßt oder nicht. Das bedeutet, ihr müßt spüren, wie die Kälte sich euerer bemächtigt, ihr müßt wenigstens mit einem Teil eures Wesens wissen, daß ihr nie mehr zurückkehren, nie mehr eure Lieblinge sehen werdet, und daß in euer Zimmer, so wie ihr es verlassen habt, bald Menschen einziehen werden, für die keine eurer Erinnerungen, keines jener kleinen Dinge, die euch so am Herzen liegen, etwas bedeuten. Das Mädchen mit dem blonden Haar fing an zu weinen. Sie schluchzte und schniefte und wischte sich die Tränen mit dem Handrücken weg. Adam hingegen hat nicht geweint. Er stieg auf den Militärlastwagen, setzte sich auf den Bretterboden, schlang die Arme um seinen Koffer. Um ihn herum drängten sich Frauen und andere Kinder, und in diesem Durcheinander, von erregten Stimmen umgeben, verspürte er eine bislang ungekannte Sicherheit. Er wünschte, der Lastwagen möge bald losfahren, die Fahrt möglichst lang dauern. Der Lastwagen fuhr in der Tat bald los, erzählte ich weiter, die Fahrt dauerte allerdings nicht so lang, wie Adam es sich gewünscht hatte. Durch die Öffnung in der Plane sah er die Menschenschlange, dann die immer schneller vorbeiziehenden Gebäude, ab und zu leuchtete ein Schaufenster auf oder zeigte sich ein Teil einer Ruine. Wir können weiterfahren, sagte ich zum Fahrer. Der nickte, drehte den Zündschlüssel um, bewegte den Schalthebel, trat auf das Gaspedal. Das Mädchen mit dem blonden Haar weinte nicht mehr. Sie starrte auf den Fußboden und, wenn ich richtig gesehen habe, biß sich auf die Unterlippe. Ich hätte ihr ein Taschentuch anbieten sollen, jetzt war es zu spät. Ich stand breitbeinig, um das Gleichgewicht nicht zu verlieren, aber trotz aller Anstrengung konnte ich das Schaukeln nicht vermeiden, als balancierte ich hoch über ihren Köpfen auf einem nicht straff gespannten Seil. Der Weg, den wir jetzt zurücklegen, sagte ich ins Mikrofon, ist natürlich nicht der gleiche, den sie gefahren sind, aber das Ende ist dasselbe: Nach der Stadt kommt eine Brücke, nach den steilen Abhängen öffnet sich die Ebene. Man sagt, fuhr ich fort, die Ebene wirke beruhigend, was sicher zutrifft, aber eher auf die, die dort leben, als auf diejenigen, deren Füße wenigstens noch die Spur einer Erinnerung an unebenes Gelände haben, denn sie können, Matrosen auf dem Festland gleich, in der ruhigen und weiten Ebene nicht laufen, sie stolpern, auch wenn es keine Hindernisse gibt. Dreht euch um, sagte ich, als der Bus die Brücke erreichte, und schaut, wie die Stadt sich entfernt und zugleich verschließt und wie sie, obwohl sie sich nicht von der Stelle gerührt hat, eigentlich nicht mehr da ist. Alle Schüler drehten sich um und schauten über ihre Rückenlehnen zurück, sogar der Fahrer blickte ein paarmal in den Rückspiegel. Man könnte darüber wie über einen körperlichen Schmerz reden, sagte ich, wie wenn einem ein Stück Haut vom Leib gerissen würde. Ich hörte einige Ausrufe des Ekels, aber keiner drehte sich zu mir. Sie starrten alle auf Belgrad, als würde die Stadt jeden Augenblick verschwinden. Nur Adam, zusammengekauert in seiner Ecke, unberührt von der allgemeinen Aufregung, vom Seufzen und Schluchzen, blieb ruhig. Wenn er etwas spürte, dann war es Reisefieber, er war ja noch nie auf Reisen gegangen, dazu auch noch mit einem Koffer. Er dachte an Bücher, die er gelesen hatte, an *Die Kinder des Kapitäns Grant* und *Durch Wüste und Wildnis*. Vor kurzem hatte er sogar begonnen, eine Erzählung über einen Jungen zu schreiben, der sich als blinder Passagier auf einem Schiff befand, das irgendwo im Atlantischen Ozean versank. Zusammen mit einigen Matrosen rettete er sich in ein Boot ohne Riemen, ohne Nahrung und Wasser, und da stockte Adam, weil er nicht wußte, wie es weitergehen sollte. Da wurde es ihm bewußt, daß er eigentlich ein blinder Passagier in diesem Lastwagen war und daß diese Reise vielleicht eine Antwort in sich barg. Der Fluß, den sie überquerten, hatte zwar nicht viel Ähnlichkeit mit dem Ozean, aber Wasser ist gleich Wasser, oder etwa nicht? Alle stimmten zu. Einige Dinge werden einfach akzeptiert, da braucht man keine große Überzeugungsarbeit zu leisten. Als der Lastwagen das andere Ufer erreichte, stellte sich Adam eine Großstadt vor, ganz aus Glas, in der sich das unendliche Blau des Himmels spiegelte. Die Realität auf dem Messegelände war natürlich eine völlig andere, aber nicht weniger aufregend als die, die sich der Dreizehnjährige in seiner Phantasie ausgemalt hatte. Er stand früh am Morgen auf, schlotterte beim Appell, löffelte die wäßrige Suppe aus, schaute zu, wie Tote weggetragen wurden, und dennoch konnte er in manchen Augenblicken ein Glücksgefühl darüber, daß er all dem beiwohnen durfte, nicht unterdrücken. Er wußte, daß hier das größte Abenteuer seines Lebens begann, und er wollte keine Sequenz davon verpassen, obwohl sich seine Lage eigentlich wenig von der des Jungen im Boot unterschied, das den Launen der Meeresströmungen ausgesetzt war. Adam hatte nur eine vage Vorstellung von den Strömungen, die ihn mitrissen, aber er spürte ihre Macht, und alsbald begriff er, daß es sich nicht lohnte, Widerstand zu leisten. Aber was ist, fragte der Schüler im karierten Hemd, mit seinen Gebeten? Ich habe keine Gebete erwähnt, antwortete ich ins Mikrofon, ich habe nur gesagt, daß er sich auf Bar Mizwa, die religiöse Mündigkeit, vorbereitete. Ich hatte das wirklich gesagt. Und er hatte das wirklich getan, er hatte in Gedanken oder flüsternd den Teil der Thora wiederholt, den er in Hebräisch vorlesen mußte. Ich glaube nicht, daß ich den Schüler im karierten Hemd überzeugen konnte. In seinem Alter ist Mißtrauen das einzig Beständige. Aber wenn davon schon die Rede ist, in dieser Hinsicht unterschieden sich Götz und Meyer nicht allzu sehr von meinen Schülern. Sie vertrauten nur den Angehörigen der germanischen Rasse, alle anderen konnten jederzeit auf die Seite des Gegners überlaufen, falls sie sich nicht schon dort befanden. Gelegentlich mißtrauten sie sogar einander. Der Feind verstehe es, dort aufzutauchen, wo man ihn am wenigsten erwartet. Inzwischen erreichten wir das Messegelände. Zunächst fuhren wir an Hotels und Bürogebäuden vorbei, ganz aus Glas, wie in Adams Träumen, die Götz und Meyer zum Beispiel nie hatten, obwohl sie zigmal diese Strecke gefahren waren. Sie dachten dabei an etwas anderes: an ihre Heimatorte, die sich, wie ich vermute, irgendwo in einem deutschen oder österreichischen Gebirge befanden. Aber keine Eile, Götz und Meyer werden schon im richtigen Augenblick aufkreuzen, dessen bin ich mir sicher. Zuerst erzählte ich meinen Schülern davon, wie das Lagerleben organisiert war, nein, zuerst machten wir schweigend einen Spaziergang über das Gelände. Ich ließ sie den Raum spüren, bereitete sie auf dessen früheres Aussehen vor, dann erst sprach ich über die Organisation des Lagers, über die Bedingungen der Unterkunft, über den Tagesablauf, die Werkstätten, die Lebenden und die Toten. Die Schüler standen dicht aneinander gedrängt um mich herum, als fürchteten sie jede Entfernung. Bis dahin hatten sie natürlich schon erfahren, daß sie sich auf einer Reise ohne Rückkehr befanden, aber die Hoffnung hinderte sie immer noch, daran zu glauben. Dazu trug zweifellos das Grün bei, das üppige Grün, das das Messegelände von allen Seiten umgab, so daß es aus der Entfernung schien, als nähere man sich einem Wäldchen, und wenn man dann in dieses Geflecht von Schatten eintrat, konnte man meinen, es sei eine zwar vernachlässigte Parkanlage, aber immerhin eine Parkanlage. Deshalb radierte ich allmählich dieses Grün aus, ich entfernte jedes Blatt, räumte jeden kleinen Ast beiseite, bis nichts als die nackten, baufälligen Gebäude in einem leeren Raum blieben. Nichts ist so schrecklich wie die Leere, nichts so anwesend wie die Abwesenheit. Übrigens, sagte ich zu meinen Schülern, hat sich auch Adam ähnlich gefühlt: Er war da, obwohl es ihn eigentlich nicht gab, so wie das Lager trotz seiner Überfüllung aus Leere bestand, in der jeder Schritt wie ein Hammerschlag auf den Amboß hallte. Versteht ihr, was ich meine? Sie verstanden es nicht. Sie schauten mich an und blinzelten, so wie Menschen blinzeln, die von einer Windböe oder von einem Sonnenstrahl zwischen den Wolken überrascht werden. Was hätten sie erst getan, wenn ich von ihnen verlangt hätte zu hören, wie ihre Zähne klapperten, die Mägen knurrten, die Glieder knackten? Das alles hörte Adam bei anderen und bei sich selbst vor allem nachts, wenn er ins Kissen beißen mußte, um das Klappern der Zähne zu unterdrücken, oder sich zu einem Knäuel zusammenkauerte, um das Knurren in seinen Därmen zu beschwichtigen. Tagsüber wand er sich immer öfter unter einem heftigen Krampf, der wie eine eiserne Zange seinen Magen kniff, aber selbst dann hörte er nicht auf, alles um sich herum zu beobachten, denn einer mußte doch alles sehen und im Gedächtnis bewahren: jede Demütigung, jede Flucht in den Wahnsinn, jeden Rückzug in Träumerei, jede Frostbeule, jeden von Kolbenschlägen oder von Stiefeltritten verursachten Bluterguß. Aber wozu eigentlich, sagte das Mädchen mit der Brille, wenn ihn am Ende doch, ich meine, wenn er gewußt hat, er muß es doch gewußt haben, nach all dem erwartete ihn doch der... Sie sprach den Satz nicht zu Ende. Sie brachte es nicht fertig, das Wort »Tod« auszusprechen, als könnte sie sich damit selbst das Leben nehmen. Götz und Meyer hätten bestimmt Verständnis dafür gehabt. Auch sie benutzten dieses Wort nicht, sprachen statt dessen von »Verlegung« oder von »Bearbeitung«. Sie bedienten sich jenes stellvertretenden Nazivokabulars, in dem nichts das bedeutet, was die Sprache normalerweise ausdrückt. Es war eine Wirklichkeit, die sich in den Koordinaten des

Unwirklichen abspielte. Die Erinnerung, sagte ich, ist die einzige Möglichkeit, den Tod zu überwinden, selbst dann, wenn der Körper gezwungen wird zu verschwinden, ja gerade dann, denn der Körper folgt nur dem üblichen Weg der Materie im endlosen Kreislauf der Natur, während der Geist als Teil einer langsam durch die Welt ziehenden durchsichtigen Wolke mentaler Energie scheinbar willkürlich in neue Materie einfließt, weswegen niemand weiß, was er, wenn er sich einmal selbst entdeckt, in sich vorfinden wird. Ich verstummte. Hätte ich weiter gesprochen, hätte ich meine Schüler bestimmt für immer verloren. Ich merkte das an ihren verzweifelten Blicken, an ihren Gesichtern, in denen sich die Angst vor dem Abgleiten spiegelte, vor der Möglichkeit, in einer Welt gefangen zu bleiben, von der sie bis gestern, ja bis zu diesem Augenblick nichts gewußt hatten. Ich atmete tief ein. Auch das erschreckte sie, als würde ich ihnen den Sauerstoff wegnehmen, den letzten Atemzug aus ihren Lungen saugen. Ich lächelte. Jetzt sprechen wir über die Poesie, sagte ich, jetzt möchte ich von euch hören, wie die Erfahrung zu einem Gedicht wird. Für einen kurzen Augenblick flackerte in ihren Augen das alte Feuer auf, aber schon war es zu spät, und das Feuer erlosch, während Adams Erinnerungen aus den himmlischen Höhen herabstiegen und in jede ihrer Poren eindrangen. Nebenbei gesagt, schrieb Adam im Lager tatsächlich Gedichte, so merkwürdig das auch klingen mag. Er tat es zwar nicht auf dem Papier, denn das wäre ein Luxus für seine erfrorenen Finger gewesen, sondern in seinem Kopf. Er tat es vor allem frühmorgens während des Appells und abends, wenn die Sonne hinter der Ebene versank. Es waren dies kurze Gedichte mit unvollkommenen Versen und holprigen Reimen, aber immerhin Gedichte, Bilderfolgen, in denen sich das Erstaunen vor dem Wunder der Schöpfung und die Verunsicherung in einer Welt, die keine Gestalt hatte, widerspiegelte. Man könnte behaupten, sagte ich, daß es sich doch um Gebete handelte, so aufrichtig und einfach waren sie, so genau im Ausdruck der Entzückung, des Bangens und der Hingabe. Hätten Götz und Meyer Gelegenheit gehabt, sie zu hören, hätten sie sich vielleicht gewandelt und auf den ihnen anvertrauten Auftrag verzichtet oder ihn wenigstens mit einem Gefühl des Unbehagens ausgeführt. Man kann Gott nicht lieben und zur gleichen Zeit gegen seinen Willen handeln. Während ich dies aussprach, begriff ich die Unsinnigkeit dieser Behauptung, aber die Schüler nahmen sie mir ab, ich erkannte es an ihren gesenkten Blicken, daran, daß sie ihre Finger miteinander verflochten und zusammenpreßten, bis die Gelenke weiß wurden. Aber das hier ist praktischer Unterricht, sagte ich, schieben wir also die Spekulationen beiseite und verlassen die geistigen Höhen; kommt, laßt uns arbeiten. Das sagte ich mehr zu mir als zu ihnen, so wie ich mir selbst Vorwürfe machte, wenn ich mich vor meinem Stammbaum, der eine Zeitlang in meinem Wohnzimmer an der Wand hing, im Rätselraten verlor. Hier muß doch angemerkt werden, daß im Falle von Götz, oder vielleicht Meyer, Gott möglicherweise anwesender war, als man das allgemein vermutet, da Götz, oder vielleicht Meyer, nur dank Gottes Fügung, wie er zu sagen pflegte, eine Bombenexplosion überlebte, die irgendwo an der

Ostfront mindestens neun Soldaten aus seiner Kompanie tötete. Deswegen dankt Götz, oder vielleicht Meyer, Gott jeden Tag für seine Güte. Das tut er mit Vorliebe in dem grauen Lastwagen, der in Richtung Jajinci tuckert, während im Heckteil desselben Lastwagens die Juden mit dem letzten Atemzug ihren Gott anbrüllen und ihn fragen, warum er nicht da ist, warum er noch nicht da ist, nie da ist? Nichts ist schrecklicher als das Sterben im Zweifel, ohne Halt, im Versinken. Ich verstummte wieder. Ich hatte wie immer zuviel geredet. Eine Brise berührte unsere Stirn, die Blätter rauschten, der Himmel glänzte wie Gelatine. Plötzlich tauchte hinter der Ecke einer Baracke der Busfahrer auf. Seine Augen waren gerötet, seine Wange war zerknautscht. Er mußte mit dem Gesicht auf der Hand oder auf dem Lenkrad eingeschlafen sein. Wie lange das noch dauern werde, brummte er, wir sollten bald losfahren. Nicht mehr lange, sagte ich, Götz und Meyer seien schon unterwegs, jeden Augenblick müßten sie da sein. Der Fahrer nickte, drehte sich um, kratzte sich am Hintern und verschwand hinter der gleichen Ecke. Die Schüler schauten ihm traurig nach, als würde er ihre letzte Hoffnung auf eine Rettung mitnehmen, was nicht weit von der Wahrheit entfernt war. Ich leierte die Maße des von Götz und Meyer gelenkten Sonderfahrzeugs herunter, so wie sie in einem vertraulichen Bericht angegeben waren: die Länge 5800 Millimeter, die Höhe des Laderaums 1700 Millimeter, das Nettogewicht 1700 Kilogramm, das zulässige Ladegewicht maximal 4500 Kilogramm. Das bedeutet, sagte ich, daß in das Fahrzeug etwa hundert unter fünfzig Kilogramm schwere Personen hineinpaßten, was nach einem dreimonatigen Aufenthalt im Lager auf dem Messegelände das reale Durchschnittsgewicht war. Alle Schüler blickten vorwurfsvoll das pummelige Mädchen mit einem Reif im Haar an, ein purpurroter Schleier legte sich auf ihre Wangen. Das bedeutet auch, fügte ich hinzu, daß viele sich beim Einsteigen bücken mußten und daß sie während der Fahrt und insbesondere, nachdem das Licht ausgeschaltet war, mit dem Kopf gegen die Decke stießen, sobald sie eine bequemere Stellung einnehmen wollten. Die Menschen, die ein solches Fahrzeug steuerten, fuhr ich fort, mußten eine Spezialausbildung absolvieren. Oft befanden sich unter ihnen, was vielleicht auch auf Götz oder Meyer oder auf beide zutraf, Soldaten, die wegen einer Verwundung von der Front abgezogen worden waren. Am Anfang jedoch wurden trotz der erwähnten Spezialausbildung bestimmte Fehler gemacht, was sich glücklicherweise nicht auf die Effizienz der Arbeit niederschlug, dafür aber die Aufmerksamkeit der zuständigen Stellen weckte. So wird im Bericht des Untersturmführers, Dr. Becker, von dessen Inspektionsreise ich sicherlich schon gesprochen habe, auf die Notwendigkeit hingewiesen, das Gas langsam einströmen zu lassen, weil »es sich«, wie ich von einem der Blätter aus meinem Bündel vorlas, »gezeigt hat, daß bei vorschriftsmäßigem Einströmen des Gases der Tod schnell eintritt und die Gefangenen im Halbschlaf verscheiden. So sind jetzt bei den Erstickten keine verkrampften und verzerrten Gesichter mehr zu sehen, und es gibt nicht mehr so viel Erbrochenes und Kot wie früher, als das Gas auf einmal hineingelassen wurde«. Welch rührende Sorge um das Wohlergehen der Häftlinge!

Auch das habe ich schon einmal gesagt, ich wiederhole mich ständig. Obwohl ich über keine zuverlässigen Daten verfüge, bin ich überzeugt, daß Götz und Meyer keine derartigen Fehler begangen haben. Ich habe keine schriftlichen Beschwerden über ihre Arbeit gefunden. Man könnte eher sagen, obwohl solche Ausdrücke keinesfalls zum militärischen Vokabular gehören, daß sie ihren Auftrag mit Hingabe und Feingefühl erledigten. Ich stand mitten in einem Kreis aus Schülerkörpern. Götz und Meyer sind noch nicht da, aber bald wird ihr Lastwagen am Lagereingang, dort hinter eurem Rücken, vorfahren. Ich widmete mich wieder meinen Papieren. Das angestrengte Atmen der Schüler und, wenn ich mich nicht irre, gelegentliches tiefes Schluchzen bewirkten, daß ich mich wie auf einem unruhigen Luftmeer fühlte. Ich schwebte und sank gleichzeitig wie ein gespaltenes Wesen, dem es nicht gelingen will, zu einem Ganzen zu werden. Ein unangenehmes Gefühl, das mich noch heute erschaudern läßt. Die Liste in meinen Händen verwandelte sich in ein gehißtes Segel. Jeder von euch, sagte ich, wird jetzt zu jemand anderem werden. Jeder wird zunächst zu einem Namen und danach zu der Person werden, die diesen Namen trug. Ich begann um mich herum Namen auszuteilen, als verstreute ich Körner. Die Jungen wurden zu meinen männlichen, die Schülerinnen zu meinen weiblichen Verwandten. Bei jedem Namen teilte ich auch das Alter mit, den tatsächlichen oder erfundenen Beruf, manchmal auch die Haarfarbe, die Dichte der Augenbrauen. Mir selbst hatte ich Adam zugedacht. Adam war immer außerhalb der Gruppe, selbst wenn er ein Teil davon war. Obwohl kleiner als die anderen, ragte er immer irgendwie heraus. Damals kam ihm der Gedanke, daß seine Vorbereitung auf Bar Mizwa vergeblich gewesen war, weil ihm eine im Lager verbrachte Woche vorkam wie ein ganzes Jahr. So fühlte er sich Anfang März, als wäre er fünfundzwanzig, vielleicht etwas weniger, ganz sicher war er nicht, aber auf jeden Fall älter als in Wirklichkeit, womit das Ritual von Bar Mizwa überflüssig geworden war. Die Reife erlangte er bereits in der zweiten Woche als Fünfzehnjähriger, damals – ich will mich hier seiner Rechenmethode bedienen – als er sich zum ersten Mal über einen toten Menschen beugte. Genauer über eine tote Greisin. Ob er dabei Gott näher kam, ist schwer zu sagen. Vielleicht hat er nur eingesehen, daß der Weg zu Gott weitaus verworrener war als die Vorstellung, die er davon in sich trug. Hier ähnelte der Weg einem Fußpfad, der sich einen sonnigen, ganz sanften Abhang entlang wand und wo der Aufstieg keine große Mühe bereitete. Alles änderte sich in dem Augenblick, als er sich über die verstorbene Greisin beugte. Als er sich wieder aufrichten wollte, erforderte das eine so große Anstrengung, daß seine Beine zittrig wurden und seine Knie weich. In einem uralten Buch steht geschrieben, sagte ich, daß man sich manchmal sehr tief beugen muß, um das Antlitz des Herrn zu erblicken. Und nun, fuhr ich fort, stelle sich jeder von euch das Gesicht der Person, deren Namen er bekommen hat, vor. Und noch mehr, stellt euch die ganze Person vor, jede Bewegung, jeden Körperteil von ihr, werdet zu dieser Person, spürt, wie ihre Muskel sich spannen, wie ihre Lunge sich füllt, träumt ihre Träume, nein, geträumt hat dort keiner, schaut nur, schaut mit ihren Augen und wartet so lange, wie ihr noch nie in eurem Leben gewartet habt. Götz und Meyer hätte meine Beredsamkeit wahrscheinlich in Verlegenheit gebracht, nicht verwunderlich, wenn man die Knappheit der Militärsprache und deren Abneigung gegen jeden Gefühlsausbruch bedenkt. Die Schüler waren ebenfalls verlegen: Um was für ein Warten geht es hier? Um das Warten darauf, sagte ich, daß etwas geschieht, was dem Ganzen endlich einen Sinn verleiht, denn es ist doch einfach unvorstellbar, daß all dies ohne jeden Sinn passiert ist. Das Warten, erzählte ich weiter, verwandelte sich dann in das Märchen von der Verlegung in ein Lager in Rumänien oder vielleicht in Polen, an einen sichereren Ort, an dem, wie es hieß, schon andere Juden siedelten, weit genug von der Stadt am gegenüberliegenden Ufer entfernt, die vor deren Untergang schamlos ihre Augen verschloß. Währenddessen wurden Götz und Meyer in ihren Sonderauftrag eingewiesen, und anschließend machten sie sich daran, selbst die kleinsten technischen Details der Spezialausrüstung ihres Saurers zu überprüfen. Es blieb nur noch, die Reise anzutreten, was sie dann auch bald taten. Sie fuhren dabei denen entgegen, die scheinbar unbeweglich, aber in Wirklichkeit ihnen entgegenstrebend, auf sie ausgerechnet an der Stelle warteten, wo wir jetzt stehen. Ich begann dann, sie aufzurufen, sie zu kleinen Familien zu gruppieren und in einer Kolonne aufzustellen, die sich zwar etwas unordentlich, aber dennoch im Gleichschritt zum Lagerausgang in Bewegung setzte. Der Bus wartete ganz in Sonnenschein getaucht. Der Fahrer schlief, die Wange auf die über dem Lenkrad gekreuzten Armen gelegt. Während ich sie aufrief und sie den Bus bestiegen, sagte ich, sie sollten sich vorstellen, wie die Person, deren Name sie trügen, in den grauen Lastwagen einsteigt, dessen Maße ich schon des öfteren genannt hatte und der von Götz und Meyer gefahren wurde. Ihr könnt sie jetzt nicht sehen, sagte ich, aber ihr könnt mir glauben, sie sind anständige Herren. Götz, oder vielleicht Meyer, einer der beiden, könnte, wie man so sagt, keiner Fliege etwas zuleide tun. Auch der andere interessierte sich nicht allzusehr für Fliegen, dafür aber war er imstande, eine Katze vom Dach auf einen betonierten Hof hinunterzuwerfen. Katzen sind dumm, meinte er, ich möchte keine Katze sein. Keiner lachte. Adam drehte sich um und warf mir einen vorwurfsvollen Blick zu. Ich begann, die Namen aufzurufen, der Bus füllte sich allmählich, der Fahrer wurde wach, schmatzte und fing gleich an zu pfeifen, die Schüler waren ernst, besorgt, alle schwiegen, die Mütter berührten ihre Kinder, die Männer beugten sich über ihre Ehefrauen, aber alles vollzog sich in einer Stille, als geschehe es unter Wasser oder hoch oben in verdünnter Gebirgsluft. Wo auch immer, ich befand mich unter meinen Verwandten. Es fehlen mir die Worte, die Rührung zu beschreiben, die ich dabei empfand, ähnlich wie damals, als ich das erste Mal meinen Stammbaum an die Wand hängte. Später nahm ich ihn ab, und jetzt weiß ich nicht, wo er sich befindet, ob an der Wand oder in einem Ordner. Aber das ist vielleicht auch nicht so wichtig. Viel wichtiger ist, was mit Adam geschah, als er zum ersten Mal den grauen Lastwagen erblickte. Im selben Augenblick nämlich verstand er die Sprache des Kommandanten Andorfer und der anderen Militärs, plötzlich begriff er, daß es Parallelwelten gab, daß die Welten durch die Sprache entstehen und daß es genügt, die Bedeutung einiger weniger Wörter zu ändern, damit die bestehende Welt verwandelt oder eine neue geschaffen wird. Und jetzt sah er auch deutlich, wo sich das neue Lager tatsächlich befand, von dem der Kommandant Andorfer die Mitglieder der Verwaltung unterrichtet hatte, und auf welchem Wege man zu ihm gelangte. Er wußte nicht genau, was im Inneren des grauen Lastwagens vor sich ging, weil er mit der Funktionsweise des Automotors nicht vertraut war. Solche Dinge hatten ihn nie interessiert. Dann träumte er eines Nachts davon, daß aus einer tiefen Dunkelheit Gesichter auftauchten, die dabei waren, zu ersticken. Er riß die Augen auf und starrte in das fahle Dunkel der großen Halle, in der alle erdenklichen Töne erklangen, die der menschliche Körper produzieren kann. Jetzt, im wachen Zustand, sah er den Augenblick voraus, in dem die Halle leer sein würde, und die ohrenbetäubende Stille ließ ihn fast die Besinnung verlieren. Aber zuvor, sagte ich ins Mikrofon, müssen wir sehen, nein, wir können nichts sehen, weil die, deren Namen ihr tragt, im Dunkeln gefahren wurden, wir müssen also spüren, was sie gespürt haben, als sie in dem Lastwagen Marke Saurer, den Götz und Meyer fuhren, zusammengepfercht waren. Am Anfang war es nicht viel, ich meine, sie haben beinahe nichts gespürt, sie haben nur in der Dunkelheit nach ihren nächsten Angehörigen getastet und geredet, alle redeten gleichzeitig, und so konnte Adam, obwohl weit von ihnen entfernt, deutlich hören, wie die ausgesprochenen Welten aufeinanderprallten und zerbarsten. Der Lastwagen blieb zwei-, dreimal stehen, aber gleich darauf fuhr er weiter, dann erkannte jemand am Klang, daß sie über eine Brücke fuhren. Also kehrten sie endlich nach Belgrad zurück. Und als sie gerade versuchten dahinterzukommen, durch welche Straße sie fuhren, hielt der Lastwagen an. Die, deren Namen ihr tragt, sagte ich, wurden still und spitzten in der Dunkelheit angestrengt ihre Ohren. Sie vernahmen Stimmen, erkannten die deutsche Sprache, verstanden jedoch deren Worte nicht. Dann schlug eine Tür zu, jemand lief am Lastwagen vorbei, kehrte zurück, blieb stehen, man hörte ein Rasseln am Boden. Als wäre dies ein verabredetes Zeichen, begannen alle auf einmal zu reden, zu schreien, gegen die Wände des Lastwagens zu hämmern, bis die Tür des Führerhauses wieder zugeschlagen wurde und der Motor aufheulte. Adam behauptete, daß in diesem Augenblick auch Vögel zu hören waren, aber ich bin nicht sicher, ob man ihm Glauben schenken kann. Der Lastwagen fuhr nämlich durch die Stadt, und er hatte noch ziemlich weit zu fahren, bevor er ein Wäldchen mit Vögeln erreichte. Götz und Meyer können sich ebenfalls an keine Vögel erinnern, obwohl sie früher, wenn ich mich nicht irre, etwas anderes gesagt hatten. Wie dem auch sei, bald nach dieser zweiten Anfahrt verspürten die, deren Namen ihr tragt, den Geruch von verbranntem Treibstoff. Anfangs war er ganz angenehm, etwas wie eine geheime Verbindung mit der Außenwelt, dann aber wurde er immer unerträglicher, obwohl irgendwie süßlich, und rief bei einigen Übelkeit, heftige Kopfschmerzen, Erstickungsanfälle, heisere Schreie hervor; es gab auch welche, die nur den Kopf nach vorn fallen ließen und in Schlaf versanken. Ich berührte mit meinen Lippen das Gitter des Mikrofons und blickte meine Schüler an. Die meisten rangen nach Luft, ein Mädchen faßte sich an den Hals, eine Hand hob sich zittrig zum Fenster, glitt aber gleich wieder schlaff zurück, ein Junge verdeckte seine Augen mit den Händen, zwei Mädchen hielten sich umarmt, die Köpfe einander an die Schulter gelehnt. Ich sah Lippen sich bewegen, aber keine Stimme drang zu mir außer dem leisen Pfeifen des Fahrers. Wenn wir so weitermachen, dachte Adam, werden wir alle sterben. Er ging zu der Tischlerwerkstatt und erkundigte sich, womit er die Aluminiumtrennwand durchbohren könnte. Wie dick, wollte der Meister wissen. Adam hielt seinen Zeigefinger etwas von seinem Daumen entfernt: So dick, sagte er. Von Bohrern verstehst du nichts, meinte der Meister, aber du könntest eine Ahle nehmen und mit einem Hammer darauf schlagen. Egal ob Ahle, Bohrer oder Feile, der Meister hatte schon recht, Werkzeug war nichts für Adam, selbst wenn er gewollt hätte, hätte er nichts damit anfangen können. Denn Adam war schwach, es war keine Kraft in seinen Armen, keine Wucht in seinen Bewegungen. Er mußte sich etwas anderes einfallen lassen. Und was, fragte ich, passierte währenddessen mit euch hier? Keiner antwortete. Bei einem Schüler lugte die Zungenspitze zwischen den Lippen hervor. Die meisten saßen mit geschlossenen Augen, einige starrten nur noch vor sich hin, aber die Gesichter aller waren verzerrt, verkrampft vor Ekel oder Schmerz. Wir können nur vermuten, sagte ich, daß sie gespürt haben, wie ihre Knie langsam versagten, wie sie selbst durch die Last der fremden Körper und bedrängt durch fremde

Hände, die krampfhaft nach allem griffen, was in ihre Reichweite kam, zu Boden sanken. Einige schrien noch, einige übergaben sich, aber alles glich schon Adams Traum. Jede Bewegung dauerte unendlich lang, als wollte sie nie zu Ende geführt werden, dann aber wurde es plötzlich hell, und geblendet von grellem Licht sahen sie nichts mehr. Ich legte das Mikrofon weg, schritt zwischen den Sitzreihen hindurch, öffnete einige Fenster und tätschelte die Wange des Jungen, dessen Zunge zwischen den Lippen hervorkam, schob den schmuddeligen Vorhang beiseite, mit dem ein schwarzhaariges Mädchen sein Gesicht zugedeckt hatte. Den Weg, den wir jetzt fahren, sagte ich, oder einen ähnlichen, aber jedenfalls einen durch die Stadtmitte, schlug auch der Götz- und Meyersche Lastwagen ein. Diesen oder einen ähnlichen Weg legten in den darauffolgenden Wochen etwa fünftausend Menschen zurück. Ihre Namen unterschieden sich, aber es waren immer die gleichen Menschen, so wie der Weg immer derselbe war. Langweilig, sagten vermutlich Götz und Meyer, auf die Belgrad keinen besonderen Eindruck gemacht hatte. Zwar erlebte Götz, oder Meyer, an einem Abend, als er am Kalemegdan spazierenging, einen herrlichen Sonnenuntergang, später jedoch brachte er in seiner Erinnerung dieses Bild mit einem Ort in der Ukraine in Verbindung, durch den ebenfalls ein Strom floß und wo es auch ein Lager gab. Das Soldatenleben ist alles in allem eintönig, das muß man schon zugeben, Verwechslungen sind leicht möglich, keiner verliert oder gewinnt etwas dabei. Ich verstummte und setzte mich in die letzte, eine leere Reihe. Ich gebe zu, ich wußte nicht mehr, was ich redete. Der Bus fuhr am

Karadjordje-Park vorbei und weiter in Richtung Autokomanda. Auf dieser Höhe ungefähr, sagte ich, wurde es in dem grauen Lastwagen genauso still wie jetzt hier. Nur Götz und Meyer redeten, aber sie befanden sich im Führerhaus, wo sie eine Auseinandersetzung über die schwarze Katze hatten, deretwegen Götz, oder Meyer, derjenige, der fuhr, bremsen mußte. Aber vielleicht, der Verkehr war damals ja nicht so dicht wie heute, vielleicht trennten sich auch an dieser Stelle immer noch Seelen von den erschlafften Leibern und erhoben sich zu der Ecke, wo der Glanz der anderen Seelen schon auf sie wartete, jenes Licht, das die Sterbenden in der Dunkelheit erblickt hatten. Obwohl den Seelen keine Kohlenmonoxydkonzentration etwas anhaben konnte, atmeten sie dennoch auf, als die Reise in Jajinci zu Ende ging und sie sich durch die offene Tür in die frische Luft und in die Höhe hinaufschwingen konnten. Die Seelen konnten nicht wissen, daß sie in Jajinci waren, sagte ich, so wie ihr das auch nicht wißt, für euch gibt es diesen Ort nicht, er existiert nur für mich, und er existierte natürlich für Götz und Meyer, obwohl sie bestrebt waren, ihn möglichst selten zu erwähnen, da es ihnen nie gelang, seinen Namen korrekt auszusprechen. In ihrem Sprachgebrauch hieß Jajinci »dieser Ort«. Zum Beispiel: Wir bringen die Ladung wieder zu »diesem Ort«. Oder: Damit die Bearbeitung erfolgreich abläuft, dürfen wir »diesen Ort« nicht zu schnell erreichen. Währenddessen versuchte Adam fieberhaft die Zeit einzuholen. Er war überzeugt, daß Gift in den Lastwagen eingelassen wurde. Wie, das wußte er nicht, aber die Gesichter aus seinem Traum sprachen dafür, daß er sich nicht irrte. Alles ist

Wahrheit, auch das, was man träumt. Nein, sagte ich, auch Adam wußte nicht, daß es Jajinci war, habe ich das nicht schon einmal erklärt? Ich stand wieder auf und ging zum vorderen Teil des Busses. Der Fahrer pfiff jetzt schon ganz laut, wobei er gelegentlich zwei, drei Worte, etwas wie einen Kehrreim, murmelnd dazwischenschob. Ich nahm das Mikrofon in die Hand, räusperte mich, drehte mich um und sah meine Schüler vor mir, die in fremde Körper eingetaucht waren. Ich kam mir vor wie ein Hypnotiseur, der sein Publikum wecken will. Vorher war er durch die Reihen gegangen, hatte alles, was er wollte, aus ihren Taschen und Herzen entwendet, während er ihnen die ganze Zeit einredete, sie befänden sich werweißwo, in wer weiß welchen Welten, aus denen sie berauscht zurückkehren würden, so daß sie den Verlust nicht sofort merkten. Aber was, frage ich mich auch heute noch, wenn dem Hypnotiseur ein Fehler unterläuft? Die Welten sind leicht zu erschaffen, aber schwer zu erhalten. Zwischen ihnen kann es leicht zu Zusammenstößen, zu Verkeilungen, zur Angleichung ihrer Koordinaten kommen. Was also, wenn man sich sozusagen auf halbem Weg verirrt und aus einer Welt in die andere hinübertritt? In welcher Welt wacht der Hypnotisierte auf, wenn der Hypnotiseur den Befehl dazu gibt und in die Hände klatscht? Und jetzt bitte ich um etwas Aufmerksamkeit, sagte ich. Ich hatte nicht in die Hände geklatscht, aber die Schüler hörten dennoch auf mich: Sie richteten ihre zunächst trüben, dann aber immer klareren Blicke auf mich, setzten sich aufrecht hin, ordneten ihr Haar, befeuchteten mit der Zunge ihre Lippen. In den etwa fünfzig folgenden Tagen, sagte ich, legte der Götz- und Meyersche Lastwagen täglich den gleichen Weg zurück, manchmal sogar zweimal am Tag, außer am Sonntag. Sonntag ist Ruhetag. Jeden Sonntag gehen Götz und Meyer spazieren, spielen Dame, trinken Bier. Aber am Montag stehen sie pünktlich vor dem Lagereingang, ordentlich gekleidet, glatt rasiert, nicht einmal mit geröteten Augen. Adams Augen hingegen waren ganz von roten Äderchen durchzogen, was er den schlaflosen Nächten zuschrieb, in denen er Pläne schmiedete, um dem beizukommen, was auch immer es war, das die Menschen im Heckteil des grauen Lastwagens ersticken ließ. Inzwischen erreichten wir Jajinci, und dort erzählte ich den Schülern, ohne sie verschnaufen zu lassen, lang und breit über den Arbeitsablauf, das Ausheben der Massengräber und das Verscharren der Leichen. Ich erwähnte auch die fünf serbischen Gefangenen, die vielleicht auch sieben waren, übersprang dann zwei Jahre und sprach vom Verbrennen der Leichen an der gleichen Stelle, vom Durchsieben der Asche auf der Suche nach Schätzen und davon, daß diese Asche nach Zeugenaussagen in der Höhe von Čukarica in die Save geworfen wurde, wo Fischer später Münzen, Gürtelschnallen, Knöpfe, Teile von Portemonnaies, Metallabzeichen fanden. Ich konnte mich nicht bremsen trotz der flehenden Blicke der Schüler und der Anzeichen von Übelkeit auf ihren Gesichtern. Da meinte der Fahrer, es sei höchste Zeit für die Rückfahrt. Wir durften jedoch Adam nicht vergessen, der gerade begriffen hatte, daß sich das, worüber er so viel nachdachte, in seiner unmittelbaren Nähe befand: natürlich, eine Gasmaske. Eine simple Idee, aber unmöglich auszuführen, könnte man sagen. Aber wenn es schon einen solchen Ort wie dieses Lager gab, war dann nicht alles möglich, fragte sich Adam, könnte es denn in diesem Lager nicht auch einen Jungen geben, der an eine gewöhnliche Gasmaske herankommt? Die erste Wirklichkeit ist schon derart unwirklich, daß in ihr nichts mehr unwirklich wirkt, hätte Adam denken können, aber er nahm sofort die praktischen Details in Angriff und versuchte, auf die Fragen nach dem Wo und Wann zu antworten, denn von ihnen hing alles ab, vor allem jener dünne Faden, der das Leben noch am Leben hält und an dem jedes »Warum« ein Gewicht ist, das ihn zu zerreißen droht. Kurzum, er erinnerte sich, im Gebäude des Lagerkommandos, wo er gelegentlich kleinere Arbeiten zu erledigen hatte, auf einem Regal gleich neben dem Eingang mehrere Gasmasken gesehen zu haben, die wohl für die Offiziere bestimmt waren, die dort Büroarbeiten verrichteten. Es galt nur den richtigen Augenblick zu finden. Am günstigsten erschien ihm die Zeit, während der ein neuer Transport vorbereitet wurde, da dann die meisten Offiziere und Soldaten damit beschäftigt waren, für Ordnung zu sorgen. So war es auch. Fragt mich nicht, wie sich das alles tatsächlich abgespielt hat, vielleicht war Adam an dem Tag unsichtbar, jedenfalls eilte er, während Frauen und Kinder den grauen Lastwagen bestiegen, mit großen Schritten, die Gasmaske unter seinem Hemd, zu der Stelle, wo die Gasmaske bis zu dem Tag versteckt bleiben sollte, an dem er an die Reihe kommen würde. Ich weiß, es dauert zu lang, aber es gibt Dinge, über die man nicht anders reden kann. Ich hoffe, unser Busfahrer hat Verständnis dafür, sagte ich. Alle schauten wie auf Kommando zum Busfahrer, der sich zunächst umsah, als gäbe es noch jemanden hinter ihm, dann aber verlegen die Arme ausbreitete. Und als schließlich die Stunde kam, stopfte Adam die Gasmaske unter sein Hemd, zog einen dicken Pullover und seinen Wintermantel darüber, ging etwas gebückt, um die Beule auf seinem Bauch zu verbergen, brachte seinen Koffer zu dem anderen Lastwagen, dem, der auf das Lagergelände kam, und lief zum Tor, wo sich die für den Transport bestimmte Gruppe versammelte. Unweit davon verteilte einer der Fahrer Bonbons an die Kinder. Das bedeutet, sagte ich, daß wir jetzt zum Bus zurückkehren können. Adam stieg als einer der ersten ein und ging durch bis in die äußerste Ecke. Da blickte er um sich, konnte aber fast nichts sehen, weil sich der Lastwagen schnell mit Menschen füllte, die einander anrempelten und schubsten, bestrebt, einen möglichst bequemen Platz für die lange Reise zu ergattern. Dann ging die Tür langsam zu, und die meisten drängten zu ihr hin. Adam, der dadurch mehr Platz bekam, nutzte das aus, um seinen Mantel auszuziehen. Die Menschen riefen einander in der Dunkelheit, Mütter suchten ihre Kinder, die Kinder schrien, jemand stieß einen saftigen Fluch aus, eine Stimme sagte plötzlich ganz deutlich: Hauptsache, wir sind losgefahren, und alles verstummte. Adam schnupperte vorsichtig, aber er roch nur die Körperausdünstungen. Vielleicht gibt es gar kein Gift, dachte er, vielleicht werden sie mit uns nur so lange herumfahren, bis wir aus Luftmangel ersticken. Seine Zweifel wurden jedoch zerstreut, als der Lastwagen stehenblieb, sein Motor abgestellt wurde, alle stumm den Schritten lauschten und danach ein Rasseln unter ihren Füßen hörten. Adam knöpfte sein Hemd auf. Weiß der Teufel, wie er in der Dunkelheit, als der Lastwagen wieder anfuhr und der Geruch der Abgase in der Luft zu spüren war, mit den verschiedenen Gurten und Verschlüssen zurechtkam. Die Gasmaske saß jedenfalls auf seinem Gesicht, und nach zwei, drei unsicheren Versuchen fing er an, gleichmäßig zu atmen. Alles, was dann folgte, kannte er schon aus seinem Traum, und er schloß trotz der Dunkelheit seine Augen. Er öffnete sie erst wieder, als im Lastwagen jedes Geräusch erstorben war und er deutlich hörte, wie jemand im Führerhaus auf deutsch wiederholte: Es ist aus, es ist aus. Adam versuchte einen Körper, der auf seinen Beinen lastete, wegzuschieben, aber dieser rollte immer wieder zurück und wurde während der Fahrt immer schwerer, so daß er, als der Lastwagen endlich stand und die Tür aufging, Mühe hatte, aus seiner Ecke herauszukriechen. Die Tür war inzwischen ganz offen, Licht drang ins Innere des Lastwagens, das voller Rauch war, und Adam sah das verworrene Menschenknäuel wie lebendig schwanken und zugleich straucheln, als strebte es zu der Quelle des Glanzes. Dann hörte auch das auf, draußen vernahm man Stimmen, und Adam folgte langsam dem Rauch, der aus dem Lastwagen hinausquoll. Er bahnte sich mühsam den Weg, stieg schließlich über die angehäuften Leiber. Als er hinausschaute, sah er durch einen Schleier zunächst den Himmel, dann das Grün, die ausgehobene Erde, all das immer noch durch den Rauchschleier, dann kreuzte sein Blick den Blick eines Mannes in einem weißen Hemd. Adam hob die Hand, um die Gläser der Maske abzuwischen, der

Mann wankte, fiel auf die Knie und bekreuzigte sich. Adam war eine Weile mit den Gurten und den Verschlüssen beschäftigt, dann robbte er über die ineinander verkeilten Leiber zum Ausgang und versuchte, sich von der Maske zu befreien, was irgendwie mühsamer war, als sie aufzusetzen. Darin vertieft, bemerkte er nicht, daß ein deutscher Soldat an den Mann im weißen Hemd herantrat und ihm den Gewehrkolben in den Rücken stieß. Als Adam ihn schließlich wahrnahm, hatte der Soldat sein Gewehr bereits auf ihn gerichtet. Adam wurde sich plötzlich bewußt, daß er ihn sehr klar sah, keine Spur mehr von einem Schleier, er konnte sogar das Geflecht von Fältchen um die wegen der starken Sonne etwas zusammengekniffenen Augen deutlich erkennen. Ich bin wirklich gespannt, dachte Adam, der ein neugieriger Junge war, wie die Kugel aus dem Lauf geschossen kommt. Mittlerweile wurde der Finger des Soldaten am Abzug vom Druck weiß. Adam hörte den Schuß nicht, aber der Kommandant Andorfer hörte ihn, während er zusammen mit dem Scharführer Götz, oder vielleicht Meyer, am anderen Ende der Wiese rauchte. Was war das, fragte der Kommandant Andorfer, die rechte Hand in der Hosentasche, hat da jemand geschossen? Er holte ein Tütchen mit Mentholbonbons aus der Tasche und bot sie dem Scharführer an. Die beiden lauschten und lauschten, hörten aber nichts. Zur gleichen Zeit fiel Adam zu Boden. Er fiel sehr langsam, Stück für Stück, als zerbröckelte er, als fiele er gar nicht, dachte er, aber als er dann dem Boden ganz nah war, spürte er, wie er auf einmal aus sich herausschlüpfte und sich hoch hinaufschwang, nach oben, in den Himmel, so weit weg, daß die Menschen auf der Erde winzigen Ameisen glichen. Also, fragte der Busfahrer, fahren wir jetzt zum Gymnasium? Hätte ich mich nicht am Mikrofon festgehalten, wäre ich zusammengebrochen, sosehr erschreckte mich seine Stimme. Dennoch fand ich die Kraft, seine Frage zu bejahen. In den glasigen Blicken der Schüler sah ich einen schwachen Glanz. Als Hausaufgabe, sagte ich, und der Glanz erlosch sofort, schreibt ihr einen Aufsatz zum Thema »Heute bin ich jemand anderes«. Ich legte das Mikrofon an seinen Platz zurück und schaltete die Lautsprechanlage aus. Adam ist tot. Ich hatte geglaubt, ich hatte gehofft, er würde am Leben bleiben. Jetzt hätte ich mich zwischen die Sitze legen und einschlafen können, so müde war ich. Es ist nicht leicht, anderen beizubringen, daß die Welt eine Kehrseite hat wie ein Strumpf und daß eine geschickte Bewegung genügt, damit die Innen- und die Außenseite ihre Plätze tauschen, eine geschickte und flinke Bewegung, damit niemand die Veränderung merkt und alle glauben, die Kehrseite sei die richtige Seite der Welt. Der Bus hielt an, und die Schüler stürzten hinaus, murmelnd verabschiedeten sie sich im Gehen. Der Fahrer holte Papiere hervor, die ich zu unterschreiben hatte. Für einen kurzen Augenblick, während ich die Buchstaben kritzelte, die meinen Namen bildeten, wollte ich ihn fragen, wie er die Geschichte von der Kehrseite der Welt aufgefaßt habe, dann aber sah ich seine zum Pfeifen gespitzten Lippen und verzichtete darauf. Etwas an diesen Lippen erinnerte mich an die Lippen von Götz und Meyer, obwohl ich sie nie gesehen habe außer in meiner Phantasie. Aber ich habe sie mir in der Tat so vorgestellt, wenigstens zum Teil, wenigstens in den Augenblicken, als Götz, oder Meyer, das Rasiermesser hochhielt und sich zu rasieren begann. Den Lippen kommt in alldem keine besondere Bedeutung zu, und ich weiß nicht, warum ich sie erwähne. Als ich aus dem Bus stieg, sprachen mich drei Schülerinnen an, alle drei redeten gleichzeitig. Wenn ich sie richtig verstanden habe, wollten sie wissen, ob ich wirklich daran glaubte, daß Menschen eine Seele haben. Ich glaube daran, sagte ich. Und Adam, setzte sich die Stimme der größten von ihnen durch, hat ihn, ich meine, hat dort oben jemand seine Seele empfangen? Wir blickten kurz zum Himmel. Natürlich, sagte ich, dort oben waren sie alle, der ganze Schwarm goldener Seelen flatterte um ihn herum, und er spürte, wie aller Schmerz aus ihm herausströmte und im unendlichen Blau verschwand. Ja, ja, ja, sagten wieder alle drei gleichzeitig, da sie offenbar ungeduldig waren, aber wenn es eine Seele gibt, wollten sie sofort wissen, kann sie auch verlorengehen? Aber ja, sagte ich, allerdings kann eine Seele, die sich erinnert, nie verlorengehen. Erinnern sich denn nicht alle Seelen, wunderten sie sich. Einige nicht, sagte ich, einige wollen vergessen. Ja, ja, ja, sagten sie, bedankten sich, drehten sich um und gingen. Das hatte mir noch gefehlt: ein Rebus am Ende eines mit Sterben ausgefüllten Tages. Heute bin ich schon Adam, der Kommandant Andorfer, Götz und Meyer, ein serbischer Gefangener und ein deutscher Soldat gewesen, ich kann doch nicht auch noch ein Deuter menschlicher Seelen sein, selbst wenn ich von ihnen spreche, als würde ich ihnen tagtäglich begegnen. Ich habe noch nie eine Seele gesehen und kann sie mir nur vorstellen, so wie ich mir Götz und Meyer vorstelle, die ich ebenfalls nie gesehen habe. Allerdings sah ich, als ich eines Nachts aus dem Schlaf hochschreckte, unter der Zimmerdecke einen kleinen silbrigen Körper, rund und ganz durchsichtig, der aber im nächsten Augenblick verschwunden war. Jetzt bin ich bereit zu behaupten, daß es eine Seele war, vielleicht nicht meine, aber bestimmt eine Seele, dabei habe ich mir damals eingeredet, es sei der Reflex der Scheinwerfer eines auf der Straße vorbeifahrenden Autos gewesen. Kurzum, das viele Reden über die Seele rief mir in Erinnerung, daß ich neulich, es mag auch schon zwei Wochen her sein, an Selbstmord gedacht hatte. Während ich zum wiederholten Male die Dokumente in dem Ordner mit den Zeugenaussagen las, stellte ich mir nämlich die Frage, was ich tun würde, wenn ich im Lager wäre und irgendwann einmal begreifen würde, wie auch die Lagerinsassen schließlich begriffen haben mußten, daß die Fahrten in dem grauen Lastwagen nicht der Anfang der Reise in das verheißene Lager in Rumänien oder Polen waren, sondern daß gerade in dem Lastwagen der Anfang und das Ende jeder Fahrt verborgen war. Würde ich dann untertänig auf die unvermeidliche Drehung des Schicksalsrades warten oder mich doch nach einer Möglichkeit umsehen, ihr zuvorzukommen? Es war Abend, ich war schon müde und durch etwas anderes abgelenkt, so daß mir erst später beim Zähneputzen der Gedanke kam: Ich würde mich töten. Und nachdem dieser Gedanke sich einmal in meinem Bewußtsein eingenistet hatte, wurde ich ihn nicht mehr los. Ich lag auf dem Bett, im Dunkeln, atmete tief und wartete darauf, daß mein Herz aufhörte, so heftig zu pochen. Meine Entschlossenheit, obwohl im Konditional ausgedrückt, hat mich, ehrlich gesagt, erschreckt. Es brauchte nicht lange, um vom Konditional zum Präsens überzugehen, und zwar nicht in die grammatikalische, sondern in die echte Gegenwart, in die, die uns umgibt. An dieser Stelle muß ich anmerken, daß Selbstmord früher für mich immer ein Akt von Feigheit war, daher hat mich meine Bereitschaft, jetzt darin etwas ganz anderes zu sehen, zum Beispiel das Recht, den letzten Augenblick des Lebens selbst zu bestimmen, wirklich überrascht. Es reizte mich auch die Möglichkeit, den Selbstmord als eine symbolische Befreiung von Götz und Meyer, als eine Demonstration der Überlegenheit und das Bescheren einer Niederlage zu interpretieren. All dies erkennend, ergab sich als die natürlichste – wenn man das so nennen darf – Art der Selbsttötung ein Ende im Auto. Ich brauchte nur einen einsamen Ort zu finden, das eine Ende eines Gummischlauchs über das Auspuffrohr zu stülpen und das andere Ende in das Wageninnere zu führen, den Motor anzulassen, die Augen zu schließen und abzuwarten. Dabei ließ ich die Tatsache außer acht, daß ich weder ein Auto besaß noch fahren konnte. Dafür zerbrach ich mir lange den Kopf darüber, welche Musik zu meiner Beerdigung passen würde. Zunächst dachte ich an Mozart, an irgend etwas von Mozart, dessen Leichtigkeit ich immer schon genossen hatte, dann fiel mir Villa-Lobos mit seinen Gitarrenkompositionen ein, am Ende beschloß ich, radikaler zu sein, aber dann konnte ich mich nicht zwischen Stockhausen und Cage entscheiden. Ich weiß nicht, ob alle Selbstmörder so wählerisch sind, aber das lange Stöbern in meinen Schallplatten bewirkte, daß mir klar wurde:

Ich hatte mich getäuscht, denn ich würde nie die Kraft besitzen, Hand an mich zu legen, weder aus Mut noch aus Feigheit, weder im Lager noch außerhalb. Ich würde vielmehr wie die meisten darauf warten, daß das Schicksal mich holt. Ich schwankte nun auch, was Götz und Meyer angeht, und der echte Tod erschien mir ein zu hoher Preis für einen symbolischen Sieg. Und so liegt der Schlauch, den ich für alle Fälle auf dem Markt besorgt hatte, immer noch im Bad neben der Badewanne. Somit reduziert sich alles wieder auf die immer gleiche Wahl zwischen Sieg und Niederlage. Einen goldenen Mittelweg gibt es nicht. Wäre ich jetzt zu Hause, hätte ich das sicher auf einem Stück Papier notiert und in den Ordner mit meinem Namen abgeheftet: Einen goldenen Mittelweg gibt es nicht. Ausgenommen natürlich das Erinnern, wie ich es den Schülerinnen erläutert hatte: eine Seele, die sich erinnert, kann nicht verlorengehen. Ich weiß, daß ich das schon einmal gesagt habe und daß ich mich wiederhole, aber es ist nicht meine Schuld, wenn das Leben aus Wiederholungen besteht und wenn sein scheinbar geradliniger Verlauf eigentlich ein Drehen im Kreis ist. Wir ähneln einem Hund, der seinem Schwanz nachjagt und ihn nie erreicht. Nun, ich rede von Hunden, dabei habe ich es nicht einmal geschafft, die Fische im Aquarium am Leben zu erhalten. Einer nach dem anderen lagen sie auf dem Rücken und blickten mich vorwurfsvoll mit ihren erstarrten Augen an. So ist das, erst läßt man die Fische im Stich, dann auch alle anderen. Zum Beispiel meine Verwandten. Dann erblickte ich im Schaufenster eines Lebensmittelgeschäfts zwischen Grünzeug und gefüllten Waffeln mein Spiegelbild und dachte, wie ungerecht ich zu diesem gebückten Mann mit schütterem Haar sei. Jeder könne doch sehen, mit welcher Mühe er die Last seines Alters trägt, obwohl es sich, das wußte ich nur zu gut, um die Bürde der Erinnerung, um den Umfang des Gedächtnisses handelte. Zum Glück war ich schon in der Nähe meines Hauses und konnte ein wenig verschnaufen. Zuerst lehnte ich mich gegen ein Verkehrsschild, dann wollte ich mich auf die Kühlerhaube eines geparkten Autos setzen, aber sofort heulte seine Alarmanlage auf, und ich mußte schnell das Weite suchen, wobei ich mich häufig umdrehte, als ob es mich, einen arglosen Passanten, interessierte, was da vor sich ging. Außer Atem gelangte ich in meine Wohnung. In der Diele brauchte ich lange, bis ich, auf dem Boden sitzend, meine Schnürsenkel gelöst hatte. Beim Aufstehen vermied ich es, in den Spiegel an der gegenüberliegenden Wand zu sehen. Heute war ich schon so viele Personen gewesen, daß ich Angst hatte vor dem, was ich dort sehen würde. Mit gesenktem Kopf zog ich blinzelnd meine Pantoffeln an und ging in die Küche. Auf dem Tisch standen immer noch eine Flasche Selbstgebrannter und drei Schnapsgläser, Spuren eines unerwarteten abendlichen Besuchs von Götz und Meyer vor wenigen Tagen. Ich wußte nicht, warum ich sie nicht weggeräumt hatte, aber ich erinnerte mich noch an die Anordnung der Schnapsgläser: Das meine stand etwas weiter weg von den beiden anderen, näher bei der Flasche, die es mit seinem breiten Rand fast berührte. Ich zog erst das Gläschen, dann auch die Flasche zu mir heran und schenkte mir Schnaps ein, nur ein wenig, nur so viel, daß ich meine Zunge befeuchten und seine Schärfe spüren konnte. Schärfe ist manchmal alles, was wir brauchen, ich muß das sagen, obwohl ich nicht zu denen gehöre, die den Zorn kennen. Wäre es anders, weiß ich nicht, wie die Begegnung mit Götz und Meyer auf der Bank vor dem Altersheim am Fuße der Alpen ausgegangen wäre. Wie gut, daß sie jetzt nicht da waren, Schärfe kann einen zu Taten veranlassen, die man später bereut. Und so, mit dem Gläschen in der Hand, begab ich mich ins Wohnzimmer, in dem ich hauptsächlich meine Abende verbringe, manchmal bis tief in die Nacht. In der Stille war hinter einer Wand das Schlagen einer Kuckucksuhr zu hören. Ich knipste das Licht an. Nirgends Spuren, nicht einmal meine. Auch meine Unsicherheit bezüglich des Ortes, an dem sich mein Stammbaum befand, war verflogen: Er hing an der Wand wie eh und je. Ich blieb davor stehen und las aufmerksam jeden Namen, die Geburts- und Sterbejahre und die Fragezeichen. Damals, als ich damit anfing, glaubte ich, daß ich, wenn sich mir der Sinn dieser Fragezeichen erschlösse, auch hinter den Sinn des Fragezeichens kommen würde, in das ich mich selbst verwandelt hatte. Ich hielt das Gläschen an meine Nase: Es roch nach Schnaps, aber ohne Schärfe, falls die Schärfe überhaupt riecht. Ich schaute mir wieder meinen Stammbaum an, seine coupierte Krone, aus der einzelne, fast verdorrte Äste herausragten. Es war offensichtlich, daß dieser Baum keine Früchte mehr tragen würde, dazu mußte man kein großer Kenner sein, genauso wie diejenigen, die ihn beschnitten hatten, keine guten Gärtner gewesen sein mußten. Götz und Meyer zum Beispiel, obwohl es mich nicht wundern würde zu erfahren, daß einer der beiden Rosenzüchter war. Dann war mir, als hörte ich in der Küche ein Geräusch, aber erst wollte ich mich vergewissern, ob dem Stammbaum bewußt war, was ich heute geleistet hatte, daß ich, bildlich gesprochen, den Samen des Erinnerns unter den Schülern, vor allem den drei Schülerinnen verstreut hatte. Dieser Samen wird zwar keine Früchte hervorbringen, aber er wird, falls er auf fruchtbaren Boden fällt, wenigstens das Unkraut des Vergessens am Wachstum hindern. Denn solange es die Erinnerung gibt – das war es, was ich ihnen eigentlich sagen wollte –, besteht die Möglichkeit, und sei sie auch noch so winzig, daß jemand irgendwann irgendwo die wahren Gesichter von Götz und Meyer sieht, was mir nicht gelungen ist. Aber solange diese Gesichter nur eine Leere widerspiegeln und daher für jedes beliebige Gesicht stehen können, werden Götz und Meyer immer wieder zurückkehren und den Irrwitz der Geschichte wiederholen, der schließlich zum Irrwitz unseres Lebens wird. Der Baum schweigt, antwortet nicht. Auch ich schweige. Nach bestimmten Worten hat es keinen Sinn, weiter zu reden. Aus der Küche höre ich wieder Geräusche, ich drehe mich um und gehe, das Schnapsglas noch immer in der Hand, zur Tür. Aber in der Küche ist niemand. Zwei Gläschen hocken sauber gespült auf dem Rand des Abwaschbeckens. Auf dem Tisch, genau in der Mitte, liegt zusammengerollt der Gummischlauch. Neben dem Schlauch ein Blatt Papier, auf ihm ein Bleistift, aber das Blatt ist leer. Die Flasche ist nicht da, aber jetzt habe ich keine Zeit, nach ihr zu suchen. Ich stelle das Gläschen auf den Küchenschrank, gehe in die Diele, lausche. Es stellt sich heraus, daß ich in die falsche Richtung lausche, weil das Geräusch, das mich erreicht und das nicht lauter ist als ein Papierrascheln, von meiner linken Seite kommt, durch die geschlossene Tür des Arbeitszimmers. Auf Zehenspitzen trete ich leise an die Tür, während meine Waden und Schenkel vor Anspannung zittern. Dabei schaue ich mich nach einer Waffe um, nach irgendeiner Waffe, denn ich weiß, ich weiß nur zu gut, wer hinter der Tür ist und was er treibt, obwohl ich sie nie gesehen habe außer in meiner Phantasie. Ich erblicke am Kleiderständer einen Regenschirm, einen altmodischen mit einer langen Metallspitze und einem gebogenen Bambusgriff. Ich nehme ihn, klemme den Griff unter meine rechte Achsel, öffne die Tür und stürze, den Regenschirm wie eine Lanze vor mich haltend, mit einem Schrei ins Arbeitszimmer. Die Spitze braucht gar nicht sehr scharf zu sein, denke ich, während ich durch die Dunkelheit rase. Dann fühle ich einen Widerstand, breche durch etwas hindurch und pralle schließlich mit ganzer Wucht gegen die Wand.

Anmerkung des Autors

Die historischen Tatsachen, auf denen diese Erzählung beruht, stammen aus verschiedenen Quellen wie Archivmaterialien, enzyklopädische Stichwörter, Zeitungsartikel, Bücher und Studien, hauptsächlich jedoch aus der Monographie von Milan Koljanin »Das deutsche Lager auf dem Belgrader Messegelände 1941-1944« (Institut für Zeitgeschichte, Belgrad, 1992) und aus der Studie von Christopher Brauning »Die Endlösung in Serbien – Judenlager auf dem Messegelände« (Sammelband 6, SJOJ, Belgrad 1992).

Eine Erzählung ist allerdings nie Historie, und sie respektiert die Tatsachen nur, soweit ihr das paßt.

Mein besonderer Dank gebührt Milica Mihailoviæ, der Kustodin des Museums für Jüdische Geschichte in Belgrad, die in liebenswürdiger Weise nach Antworten auf meine zahlreichen Fragen gesucht hat. Ihre Anregungen waren für mich immer wertvoll.

Außerdem bin ich der Levin-Smolar-Stiftung zu Dank verpflichtet, deren Stipendium mir eine ungehinderte und ruhige Arbeit ermöglicht hat.